피터 래빗 이야기

마음이 따뜻해지는 가족 동화집
피터 래빗 이야기

초판 1쇄 | 2015년 3월 10일
초판 5쇄 | 2018년 5월 30일

지은이 | 베아트릭스 포터
옮긴이 | 김나현
펴낸이 | 장재열
펴낸곳 | 단한권의책
출판등록 | 제25100-2017-000072호(2012년 9월 14일)
주소 | 서울, 은평구 갈현로37길 1-5, 202호(갈현동, 천지골드클래스)
전화 | 010-2543-5342
팩스 | 070-4850-8021
이메일 | jjy5342@naver.com
블로그 | http://blog.naver.com/only1book

ISBN 978-89-98697-16-7 14840
값 | 13,000원

번역 과정에서 이 책의 일부 내용을 국내 사정에 맞게 수정했습니다.
그러나 원본이 지닌 맛을 최대한 살리려 노력했고, 비교해서 보실 수 있도록 원문을 뒤에 실었습니다.

마음이 따뜻해지는 가족 동화집
The Tale of Peter Rabbit

피터 래빗 이야기

베아트릭스 포터 지음 | 김나현 옮김

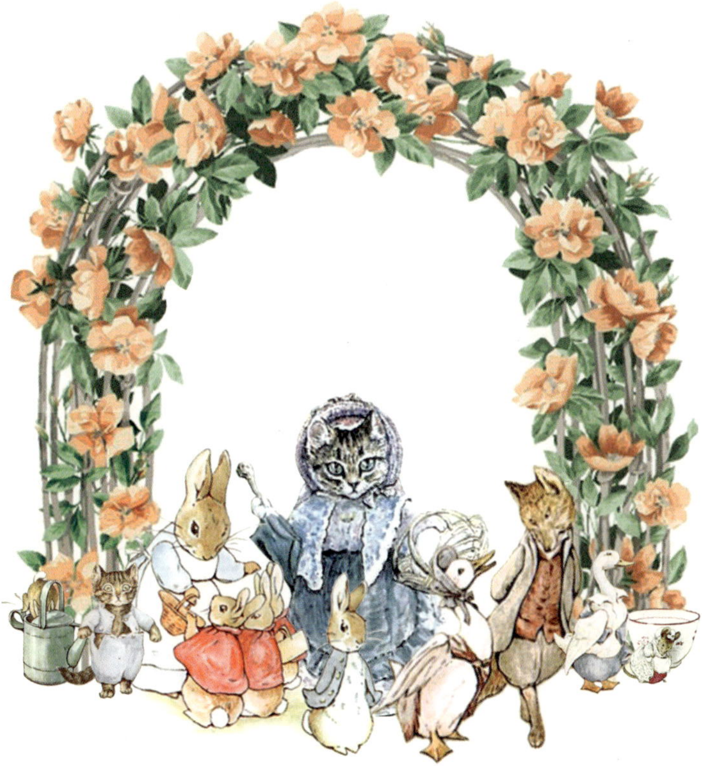

The Tale of Peter Rabbit
피터 래빗 이야기 ⋯08

The Tale of Benjamin Bunny
토끼 벤저민 이야기 ⋯30

The Story of a Fierce Bad Rabbit
사납고 고약한 토끼 이야기 ⋯56

The Story of Miss Moppet
미스 모펫 이야기 ⋯66

The Tale of Tom Kitten
톰 키튼 이야기 ⋯76

The Tale of Ginger & Pickles
진저와 피클스 이야기 ⋯98

122 ··· **The Tale of the Pie and the Patty Pan**
파이와 패티 팬 이야기

154 ··· **The Tale of Samuel Whiskers or The Roly Poly Pudding**
새뮤얼 위스커 이야기

196 ··· **The Tailor of Gloucester**
글로스터의 재단사 이야기

224 ··· **The Tale of Mr. Jeremy Fisher**
제레미 피셔 이야기

240 ··· **The Tale of Jemima Puddle-Duck**
제미마 퍼들 덕 이야기

265 ··· **The Original Text**

전나무 뿌리 아래 모래언덕에 사는 피터네 가족. 엄마는 아들 사형제에게 절대로 맥그레거 씨네 정원에 가서는 안 된다고 신신당부합니다. 그러나 천성적으로 호기심이 많고 개구쟁이인 피터. 엄마 몰래 혼자서 맥그레거 씨 정원에 갑니다. 거기서 피터는 맥그레거 씨와 딱 마주치고 심각한 위기에 빠지는데……. 앞으로 피터의 운명은 어떻게 될까요?

Beatrix Potter

The Tale of Peter Rabbit
피터 래빗 이야기

옛날에 꼬마 토끼 사형제가 살았습니다.
그들의 이름은 플롭시, 몹시, 코튼테일, 그리고 피터였어요.

사형제는 엄마와 커다란 전나무 뿌리 아래 모래 언덕에서 살았습니다.

어느 날 아침, 엄마 토끼가 말했어요.
"자, 애들아! 이젠 들판이나 길 아래쪽엔 가도 좋아. 하지만 맥그레거 씨네 정원에는 절대로 가면 안 된다. 너희 아빠도 그 정원에 갔다가 봉변을 당한 거란다."

"이제 나가서 놀아라. 나쁜 짓은 하면 안 돼! 엄마는 외출한다."

엄마 토끼는 바구니와 우산을 가지고 숲속을 지나 베이커 씨네 가게에 갔습니다. 그런 다음 거기서 갈색빵 한 덩어리와 건포도 빵 다섯 개를 샀지요.

플롭시와 몹시, 코튼테일은 말을 잘 듣는 착한 토끼들이라서 길 아래쪽에서 블랙베리를 땄습니다.

그러나 죽어라 말을
안 듣는 토끼인 피터는 곧장
맥그레거 씨네 정원으로 달려가
문 아래로 비집고 들어갔지요.

먼저 피터는 상추와 강
낭콩을 먹은 다음 무를
뽑아 먹었어요.

그런 다음 속이 약간 좋지
않아서 파슬리를 찾아다녔
습니다.

그러다가 오이밭 모퉁이에서 피터는 맥그레거 씨와 딱 마주쳤어요!

맥그레거 씨는 무릎을 꿇고 엎드린 채
어린 양배추를 심고 있었는데, 피터를 보더니
갑자기 벌떡 일어나 갈퀴를 흔들며 쫓아왔어요.
이렇게 외치면서 말이지요.
"도둑아, 게 섰거라!"

피터는 너무 놀라 완전히 겁에 질려서 정신없이 정원을 뛰어다니느라 좀 전에 비집고 들어온 문이 어디 있는지 깜빡 잊고 말았어요.
게다가 신발도 한 짝은 양배추 밭에서, 나머지 한 짝은 감자밭에서 잃어버렸지요.

피터가 신발을 잃어버린 뒤
네 발로 좀 더 빨리 달렸다면,
그래서 재킷의 왕단추가
구스베리 그물에 걸려 넘어지지
않았다면 무사히 빠져 나갈 수 있었을지 모릅니다.
황동 단추가 달린 파란 재킷은 산 지 얼마 되지 않은 새것이었거든요.

피터는 이제 자긴 꼼짝없이
죽은 목숨이라고 체념한 채
닭똥 같은 눈물을 흘리고
있었어요. 그러자 피터가
흐느끼는 소리를 듣고
흥분한 참새 친구들이 날아와
절대 포기하지 말라고
이야기해 주었어요.

맥그레거 씨는 피터의 위쪽에서 번개같이 덮쳐서 잡으려고 체를 들고 왔습니다. 하지만 다행히도 피터가 적절한 때에 몸을 움직여 재킷만 두고 무사히 빠져 나올 수 있었지요.

그런 다음 피터는 황급히
공구 창고로 들어가
물뿌리개 안에 숨었습니다.
물만 들어 있지 않았다면 물뿌리개는 그런대로 숨기에 좋은
물건이었을 거예요.

맥그레거 씨는 공구 창고 어딘가에 피터가 있을 거라고 확신했습니다. 그는 아마도 녀석이 화분 아래에 숨어 있을 거라고 생각했지요. 그래서 조심스럽게 화분을 하나하나 뒤집어 살펴봤어요.
"에~취!!!" 그때 공교롭게도 피터가 요란하게 재채기를 했고, 맥그레거 씨는 서둘러 쫓아갔지요.

피터는 창문 밖으로 뛰쳐나가면서 화분을 세 개나 뒤엎었습니다. 맥그레거 씨는 피터를 거의 발로 밟을 뻔했다가 놓쳐 버렸지요. 다시 피터를 뒤쫓으려 했지만 창문이 너무 작아서 빠져 나갈 수 없는 데다 이미 지쳐서 더 이상 뒤쫓을 수도 없었어요. 하는 수 없이 맥그레거 씨는 다시 일을 하러 갔지요.

피터는 잠시 앉아서 쉬었습니다. 숨이 너무 가쁘고 무서워서 한동안 몸을 덜덜 떨었지요. 어떻게 집으로 돌아가야 좋을지 아무 생각도 나지 않았어요. 게다가 물뿌리개 안에 물이 있었던 탓에 몸도 흠뻑 젖어 버렸지요.
시간이 좀 더 지나고 몸이 말라 다시 돌아다닐 수 있게 되었습니다. 피터는 신속하게, 그러나 너무 서두르지 않으면서 주위를 살폈어요.

피터는 담장에서 문을 찾았지만 굳게 잠겨 있었어요. 게다가 문 아래에는 통통한 꼬마 토끼가 비집고 들어갈 만한 틈새가 전혀 없었지요.

늙은 쥐가 문간 안팎으로 뛰어다니며 숲속에 사는 가족들에게 콩을 나르고 있었습니다. 피터는 쥐에게 숲으로 가는 문을 어떻게 찾아야 하는지 물었지만 입 속에 커다란 콩을 물고 있어서 대답해 줄 수가 없었어요. 쥐는 고개를 홰홰 젓기만 했고 피터는 그만 울음을 터뜨리고 말았습니다.

피터는 정원을 가로질러 밖으로 나가는 길을 찾으려 했지만 갈수록 혼란스러워지기만 했어요. 잠시 후 피터는 맥그레거 씨가 물을 가득 채워 놓은 연못에 도착했지요. 흰 고양이는 쥐 죽은 듯 조용히 금붕어를 쳐다보고 있었어요. 가끔씩 살아 있다는 걸 확인이라도 시켜주려는 듯 고양이 꼬리가 씰룩씰룩 움직였답니다. 피터는 고양이와 말을 섞지 않고 그냥 지나치는 것이 상책이라고 생각했어요. 언젠가 피터의 사촌 벤저민이 고양이에 대해 들려준 적이 있기 때문이죠.

피터는 다시 공구 창고로 돌아갔습니다. 그때 갑자기 아주 가까이서 괭이로 밭을 가는 소리가 들렸지요. 피터는 허둥지둥 덤불 밑으로 숨었어요. 그런데 아무 일도 일어나지 않자 다시 밖으로 나와 손수레 위로 올라가 슬쩍 밖을 살펴보았지요. 가장 먼저 눈에 들어온 것은 맥그레거 씨가 양파밭에서 괭이질을 하고 있는 모습이었습니다. 맥그레거 씨는 피터에게 등을 돌린 채 일하고 있었고, 그 뒤로 문이 보였어요!

피터는 소리 나지 않게 조용히 손수레에서 내려와 블랙베리 덤불 뒤 직선거리를 따라 쏜살같이 달려갔습니다. 맥그레거 씨는 이따금 한 번씩 모퉁이 쪽을 쳐다봤지만 피터는 신경 쓰지 않았지요. 잽싸게 문 아래로 미끄러져 들어가 정원 밖으로 빠져 나온 다음 숲으로 들어서자 겨우 안심이 되었어요.

맥그레거 씨는 조그만 재킷과 신발을 허수아비에 매달아 곡식을 훔쳐먹는 까마귀들을 쫓는 용도로 사용했습니다.

피터는 집에 도착할 때까지 단 한 번도 멈추거나 뒤돌아보지 않고 전나무를 향해 달려갔어요.

피터는 너무 피곤해서 토끼굴의 푹신한 바닥에 털썩 주저앉아 스르르 눈을 감았지요. 엄마는 요리하느라 바빴지만 피터가 대체 옷을 어떻게 한 건지 궁금했지요. 그 재킷과 신발은 피터가 지난 2주 동안 벌써 두 번째 잃어버린 것이었거든요.

딱하게도 피터는 저녁 내내 몸이 좋지 않았어요.
엄마 토끼는 피터를 침대에 눕힌 다음 캐모마일 차를 만들었지요.
그런 다음 따끈한 차를 많이 마시게 했어요.
"자기 전에 한 잔 가득 마셔라."

플롭시와 몹시, 코튼테일은
저녁으로 빵과 우유,
블랙베리를 먹었습니다.

맥그레거 씨네 정원에 갔다가 봉변을 당한 피터. 다행히 목숨은 건졌지만 옷과 신발을 모두 잃어버리고 맙니다. 위로 차 방문한 사촌 벤저민과 피터는 옷과 신발을 찾아 또 다시 맥그레거 씨 정원으로 숨어듭니다. 다행히 잃어버린 물건을 찾아 돌아오던 그들. 이번엔 사나운 고양이를 만나 꼼짝없이 갇히고 마는데……. 다시 한 번 찾아온 위기를 어떻게 극복할까요?

Beatrix Potter

The Tale of Benjamin Bunny
토끼 벤저민 이야기

어느 날 아침, 작은 토끼 한 마리가 강둑에 앉아 있었습니다. 녀석은 귀를 쫑긋 세우고 따가닥 따가닥 조랑말 말발굽 소리에 귀를 기울이고 있었지요.

잠시 후, 강 옆으로 난 길을 따라 마차가 한 대 다가오는 것이 보였어요. 마차에는 두 사람이 타고 있었는데 한 사람은 맥그레거 씨, 다른 한 사람은 그의 아내 맥그레거 부인이었지요. 맥그레거 씨는 운전을 하고, 옆자리에 앉은 맥그레거 부인은 예쁜 모자를 쓰고 다소곳이 앉아 있었습니다.

그들이 지나가자마자 꼬마 토끼 벤저민은 숲길을 미끄러져 내려 가며 깡충깡충 달리기 시작했습니다.
맥그레거 씨의 정원 뒤 숲에 사는 친척을 찾아가는 길이었지요.

그 숲은 토끼굴로 가득했어요. 그중 모래로 뒤덮인 가장 깨끗한 굴에 벤저민의 고모와 사촌들인 플롭시, 몹시, 코튼테일과 피터가 살고 있었지요.

벤저민의 고모는 남편 없이 네 명의 자식들과 함께 살았는데, 토끼털 장갑과 토시를 만들어 팔아 생활했어요(언젠가 저도 바자회에서 고모가 만든 토시를 산 적이 있지요). 그뿐만이 아닙니다. 그녀는 허브와 로즈마리차, 토끼 담배(우리가 라벤더라고 부르는)도 종종 팔곤 했어요.

꼬마 벤저민은 고모와 마주치고 싶지 않았습니다. 그래서 녀석은 전나무 뒤로 돌아가 사촌 피터 위로 굴러 떨어졌지요.

피터는 혼자 있었어요. 빨간 면 손수건을 두르고 있었는데, 퍽 측은해 보였지요.

"피터야, 네 옷을 대체 누가 가져간 거야?"
꼬마 벤저민이 속삭이듯 말했습니다.
피터가 대답했어요.
"맥그레거 씨의 정원에 있는 허수아비가."
피터는 정원에서 쫓겨 다니다가 신발과 코트를 몽땅 두고 올 수밖에 없었던 사연을 들려주었어요.
꼬마 벤저민은 피터 옆에 앉아 맥그레거 씨가 마차를 타고 부인과 함께 나가는 걸 보고 왔다고 말했습니다. 부인이 예쁜 모자를 쓰고 나갔으니 오늘 안으로 절대 돌아오지 않을 거라고 장담을 했지요.

피터는 비가 오면 좋겠다고 말했습니다. 그때 토끼굴에서 고모의 목소리가 들렸지요.
"코튼테일! 코튼테일~! 캐모마일 몇 개 더 가져오렴!"
피터는 산책을 하면 기분이 좀 나아질 것 같다고 말했어요.

그들은 손을 잡고 숲 가장자리에 있는 담장 꼭대기로 올라갔습니다. 그리고 거기서 맥그레거 씨네 정원을 내려다봤지요. 피터의 말대로 그의 코트와 신발을 허수아비가 입고 있었어요. 녀석은 맥그레거 씨의 모자까지 천연덕스럽게 쓰고 있었지요.

꼬마 벤저민이 말했습니다.
"문 아래로 비집고 들어가면 옷이 망가질 거야. 내게 한 가지 좋은 생각이 있는데, 배나무를 타고 내려가는 거야."

피터는 머리부터 떨어졌지만 바로 아래에 있는 화단에 누군가 푹신하게 낙엽을 긁어모아 놓은 덕분에 다행히 다치진 않았어요. 그곳은 상추를 심어 놓은 밭이었어요.

벤저민과 피터는 화단 여기저기에 조그맣고 이상한 모양의 발자국을 잔뜩 남겨 놓았습니다. 벤저민은 나막신을 신고 있었던 터라 특히 발자국 모양이 이상했지요.

가장 먼저 해야 할 일은 피터의 옷을 되찾아오는 일인데, 그러려면 손수건을 사용해야 한다고 꼬마 벤저민이 말했습니다. 둘은 허수아비를 유심히 살펴보았지요. 지난 밤 비가 내린 터라 신발에는 물이 고여 있었고, 코트는 종잇장처럼 구겨져 있었어요. 벤저민은 모자를 머리에 써봤지만 너무 커서 맞지 않았어요.

그때 벤저민이 고모를 위한 작은 선물로 손수건에 양파를 넣어 가자고 말했습니다. 그러나 피터는 그 말이 귀에 잘 들어오지 않는 듯했고 하나도 즐거워 보이지가 않았어요. 아마도 계속해서 이상한 소리가 들렸기 때문이었을 겁니다.

피터와는 달리 벤저민은 집처럼 아주 편안했어요. 여유만만하게 상추 잎도 뜯어 먹었지요. 녀석은 저녁식사 때 먹을 상추를 뜯으러 아빠와 종종 이곳에 온다고 말했습니다(꼬마 벤저민의 아빠 이름은 벤저민 버니 아저씨입니다).

상추는 정말 싱싱했습니다.

피터는 아무것도 먹지 않았고, 그저 빨리 집에 돌아가고 싶다고 말했습니다. 마음이 초조했던 탓인지 그는 손수건에 담아두었던 양파를 절반이나 떨어뜨렸어요.

꼬마 벤저민이 채소를 한 보따리 싸들고 배나무를 타고 집으로 돌아갈 수는 없다고 말했어요. 대담하게도 그는 정원 반대편으로 나 있는 길로 성큼성큼 걸어갔지요. 둘은 햇살이 내리쬐는 벽돌담 아래에 놓여 있는 널빤지 길을 따라 걸어갔습니다.

생쥐들은 문간에 앉아 이빨로 버찌 씨를 깨뜨리고 있었는데, 꼬마 토끼 벤저민과 피터 래빗이 지나가는 걸 못 본 체해 주었어요.

얼마 지나지 않아 피터는 손수건 주머니를 또다시 놓쳐버렸습니다.

그들은 화분이랑 나무틀, 통 같은 것들이 잔뜩 쌓여 있는 곳에 다다랐어요. 거기서 피터는 어떤 소리를 들었는데, 그렇게 기분 나쁜 소리는 처음 들어보는 것 같았답니다. 그의 눈은 막대사탕 만큼이나 커졌지요.

사촌 벤저민보다 한두 걸음 앞서 걷던 피터는 갑자기 걸음을 딱 멈췄어요.

모퉁이를 돌자 꼬마 토끼들의 눈앞에 나타난 것은 바로 고양이였습니다!
고양이를 발견한 벤저민은 피터와 함께 양파꾸러미를 들고 잽싸게 커다란 바구니 밑으로 숨었지요.

고양이는 느릿느릿 일어나 기지개를 켜더니 바구니 쪽으로 다가와 코를 킁킁거리며 냄새를 맡았어요.
녀석은 양파 냄새가 퍽 마음에 드는 모양이었는데, 아무튼 이내 바구니 위로 올라가 자리를 잡고 앉았지요.

고양이는 장장 다섯 시간 동안이나 바구니 위에 앉아 있었어요. 바구니 속이 너무 어둡고 양파 냄새가 지독해서 그 안에 있던 토끼들은 죽을 지경이었지요. 마침내 피터와 벤저민은 참고 참았던 눈물을 쏟으며 훌쩍였답니다.

어느덧 해가 뉘엿뉘엿 넘어가고, 저녁시간이 다 되었지만 고양이는 아직도 바구니 위에 천연덕스럽게 앉아 있었어요.

그 때 갑자기 후드득 후드득 벽 위쪽에서 돌가루가 떨어졌습니다.
고양이가 올려다보니 위쪽의 논 담장 위에 벤저민 버니 아저씨가 의기양양하게 서 있는 것이 보였어요.
아저씨는 아들 벤저민을 바라보고 있었지요.

버니 아저씨는 고양이 따위를 전혀 무서워하지 않았어요. 담장 위에서 폴짝 뛰어내리면서 녀석을 한 대 쳐서 바구니 아래로 떨어뜨린 다음, 온실 안쪽으로 걷어차면서 털을 한 움큼이나 뽑아 버렸지요.

고양이는 소스라치게 놀라 날카로운 발톱으로 할퀴어 줄 엄두도 내지 못했습니다.

벤저민 버니 아저씨는
고양이를 온실 안으로
몰아넣고 잽싸게 문을
잠가 버렸어요.
그런 다음 바구니가 있는
곳으로 돌아와 아들 벤저민의
귀를 잡고 회초리로 때렸지요.
조카 피터도 회초리를 피할 순 없었어요.

잠시 후 셋은 양파가
든 손수건 꾸러미를
들고 줄지어 정원을
빠져 나왔습니다.

삼십 분쯤 후 집에 돌아온 맥그레거 씨는 정원을 둘러보고는 무척이나 당황스러워했어요.
왜냐하면 어떤 사람이 나막신을 신고 정원 곳곳을 돌아다닌 것 같은데, 사람 발이라고 보기에는 터무니없이 작았기 때문이에요. 게다가 고양이 녀석은 또 어떻게 온실에 들어가 밖에서 문을 잠그고 스스로 그 안에 갇히게 되었는지 도무지 이해할 수가 없었지요.

피터가 집으로 돌아오자 엄마는 아들이 신발과 코트를 찾은 것이 기뻐 용서해 주었습니다. 코튼테일과 피터는 함께 손수건을 접고, 벤저민 버니 아저씨는 정원에서 가져온 양파를 허브, 토끼 담배 꾸러미들과 함께 부엌 천장에 매달아 주었어요.

착한 토끼의 당근을 빼앗아먹고 얼굴을 할퀴기까지 하던 나쁜 토끼. 갑자기 나타난 사냥꾼이 그 토끼를 향해 총을 겨누는데……. 이제, 나쁜 토끼의 운명은 어떻게 될까요?

Beatrix Potter

The Story of a Fierce Bad Rabbit
사납고 고약한 토끼 이야기

여기 사납고 고약한 토끼가 있습니다. 멋지게 난 수염과 발톱, 위로 바짝 솟은 꼬리 좀 보세요.

이 토끼는 다정하고 온순합니다. 엄마 토끼가 다정하고 온순한 토끼에게 당근을 주었지요.

나쁜 토끼는 당근이
먹고 싶었어요.

녀석은 좀 나눠 달라고
정중하게 부탁하지도 않고
착한 토끼의 당근을 빼앗았지요.

더구나 착한 토끼의 얼굴을
마구 할퀴어 놓기까지
했답니다.

착한 토끼는 살금살금
달아나 굴 속에 숨었는데,
무척이나 속이 상했지요.

그때 총을 든 사냥꾼이
나타났어요.

사냥꾼은 벤치에 뭔가가
앉아 있는 걸 발견했습니다.
그는 아주 우스꽝스럽게 생긴
새가 틀림없다고 생각했어요.

사냥꾼은 나무 뒤로
몸을 숨기며 살금살금
벤치 쪽으로 다가갔습니다.

그러고는 '빵' 하고
총을 쐈어요.

나쁜 토끼는 총소리에
혼비백산이 되었지요.

그런데 사냥꾼이 총을 들고
서둘러 달려갔더니 벤치
위에는 당근과 꼬리, 수염만
덩그러니 놓여 있었습니다.

굴 안에 있던 착한 토끼는
빼꼼히 얼굴을 내밀고
밖을 내다봤습니다.

꼬리와 수염을 잃어버린 나쁜 토끼가 혼비백산하여 어디론가 정신없이 도망가고 있었어요.

어린 고양이 미스 모펫을 무서워하지 않는 날쌘돌이 생쥐. 녀석은 그녀를 무서워하기는커녕 가지고 놉니다. 모펫은 생쥐 녀석을 잡으려고 애를 쓰지만 번번이 놓치고 말죠. 궁리 끝에 생쥐가 꼼짝없이 속아 넘어갈 묘안을 짜내고 실행에 옮기는데요. 과연 생쥐 녀석이 순순히 속아 넘어가 줄까요?

Beatrix Potter

The Story of Miss Moppet
미스 모펫 이야기

이 고양이는 미스 모펫이에요. 미스 모펫은 생쥐 소리를 들은 것 같았어요.

생쥐는 찬장 뒤에서 내다보며 미스 모펫을 잔뜩 약 올리고 있었지요. 생쥐는 아기 고양이가 하나도 무섭지 않은 모양이에요.

미스 모펫은 잽싸게 달려가 생쥐를 잡으려 했지만 한 발 늦는 바람에 생쥐를 놓치고 찬장에 머리를 박았지요.

미스 모펫은 찬장이
굉장히 딱딱하다고 생각했어요.

생쥐는 찬장 위에서
미스 모펫을 빤히 내려
다보았어요.

미스 모펫은 머리에
먼지 닦이용 걸레를 뒤집어쓰고
불 앞에 앉아 있었지요.

생쥐는 그녀가 많이 아픈 모양
이라고 생각했어요.
녀석은 종에 달린 줄을 타고
살금살금 아래로 내려갔지요.

미스 모펫의 상태가 점점
더 안 좋아보였어요.
생쥐는 용기를 내 좀 더
가까이 다가갔지요.

미스 모펫은 앞발로 엉망이 된 머리를 붙잡고 걸레에 난 구멍을 통해 주위를 둘러봤어요. 생쥐는 미스 모펫 곁에 아주 가까이 다가와 있었지요.

그때 미스 모펫이 잽싸게 생쥐에게 달려들어 붙잡았어요.

생쥐가 겁도 없이 자신을 놀렸
으니 이젠 자기가 녀석을 놀려
줄 차례라고 미스 모펫은 생각
했습니다. 모펫은 착한 고양이
가 아니었거든요.

모펫은 생쥐를 걸레 속에
넣고 꽁꽁 묶어 공처럼 만든
다음 던지고 놀았어요.

그런데 미스 모펫은 걸레에 큼지막한 구멍이 뚫려 있던 걸 깜빡 했어요. 아차 싶어 서둘러 걸레를 풀어 보니 생쥐 녀석은 온데간 데없이 사라져 버리고 없었지요.

생쥐는 어느새 구멍 사이로 빠져 나가 찬장 위에서 신나게 춤을 추고 있었습니다.

엄마 고양이 타비사 부인과 장난꾸러기 아기 고양이 삼남매. 손님맞이 준비로 바쁜 타비사는 방해받지 않으려고 아기 고양이들을 씻기고 옷을 갈아입힌 다음 조심해서 놀라고 하며 밖으로 내보냅니다. 그러나 아기 고양이들은 천방지축으로 뛰어놀다가 담벼락 아래로 옷을 떨어뜨리고 맙니다. 마침 그 아래를 지나가던 오리들이 옷을 주워 입고 가버리는데……. 아기 고양이들은 과연 잃어버린 옷을 돌려받을 수 있을까요?

Beatrix Potter

The Tale of Tom Kitten
톰 키튼 이야기

옛날에 미튼, 톰 키튼, 모펫이라는 이름을 가진 아기 고양이 세 마리가 살았습니다. 그들은 사랑스러운 털 코트를 갖고 있었는데, 그걸 입고 문간에서 굴러 떨어지고 먼지 속에서 뒹굴며 놀았지요.

그런데 어느 날, 엄마 타비사 트윗칫 부인은 친구들이 차를 마시러 오기로 해서 그 전에 아기 고양이들을 집 안으로 데려온 다음 온몸을 씻기고 옷도 갈아입혔어요.

먼저 얼굴을 문질러 씻었어요.
(이번에는 모펫)

그 다음엔 털을 빗어 주었지요.
(이번에는 미튼)

그러고는 꼬리와 수염도 빗어 주었어요. 톰은 못 말리는 말썽꾸러기라 엄마를 할퀴었어요.

타비사 부인은 모펫과 미튼에게 깨끗한 원피스와 나들이옷을 입히고, 아들 토마스에게 입히려고 서랍에 있는 고상하고 불편한 옷을 죄다 꺼내놓았어요.

톰 키튼은 통통한데 그새 키가 많이 자라서 단추 몇 개가 터져 버렸어요. 그래서 엄마가 다시 단추를 달아 주었지요.

아기 고양이 삼남매가 준비를 마쳤을 때 타비사 부인은 버터 바른 토스트를 만드는 동안 방해받지 않으려고 어리석게도 정원으로 아이들을 내보냈습니다.
"드레스 더럽히지 말고 놀아라! 뒷다리로만 걸어다니고, 재 구멍은 근처에도 가지 말고! 샐리 헤니 페니나 돼지 스타이랑 퍼들 덕한테 가까이 가면 절대 안 돼!"

모펫과 미튼은 정원 길을 휘청거리며 걸어다녔어요. 머지않아 원피스를 밟고 코가 바닥에 닿도록 넘어졌지요.
다시 일어나 보니 원피스 여기저기에 초록색 얼룩이 묻어 있었지요!
"우리 바위 타고 올라가서 정원 담에 앉자."
모펫이 말했어요.

둘은 원피스를 앞뒤로 뒤집어 입고 껑충껑충 뛰어 올라갔습니다.
그 바람에 모펫의 하얀색 나들이옷이 길에 떨어졌어요.

톰 키튼은 바지를 입고 뒷다리로만 걸으니 뛸 수가 없었어요.
톰은 고사리를 뜯으며 바위 위로 올라가다가 사방으로 단추가
떨어져 나갔지요.

정원 담 꼭대기에 올랐을 때는 옷이 너덜너덜해졌어요.
모펫과 미튼은 힘을 합쳐 톰을 끌어당겼지요. 그 바람에 톰의
모자는 떨어지고 나머지 단추들도 다 떨어졌답니다.

삼남매가 곤경에 처해 있을 때 오리 세 마리가 세로로 줄을 지어 발맞춰 걸어갔습니다. 하나! 둘! 뒤뚱 뒤뚱! 하나! 둘! 뒤뚱 뒤뚱! 오리들은 한 줄로 서서 아기 고양이들을 올려다보았어요. 오리들은 아주 작은 눈으로 놀란 듯 쳐다봤지요.

그중 오리 두 마리, 즉 레베카와 제미마 퍼들 덕이 각각 모자를 집어 쓰고 나들이옷을 입었어요.

그 광경을 보고 미튼이 큰 소리로 웃다가 담 아래로 떨어졌습니다. 모펫과 톰은 미튼을 뒤따라 내려왔지요. 원피스와 톰이 입었던 나머지 옷들도 전부 바닥으로 떨어졌어요.
"이리 와요, 드레이크 퍼들 덕 아저씨. 와서 우리 옷 입는 것 좀 도와주세요. 얼른 와서 옷 입어 톰!"
모펫이 말했어요.

드레이크 퍼들 덕 아저씨는 천천히 옆으로 가더니 옷가지들을 집어들었어요.

그러더니 새끼 고양이들에게 돌려주지 않고 자기가 입었어요. 톰이 입었을 때보다도 훨씬 형편없는 모습이었지요.
"좋은 아침이야!"
드레이크 퍼들 덕 아저씨가 말했어요.

그러고는 드레이크 아저씨와 제미마, 레베카 퍼들 덕은 발맞춰 달리기 시작했지요. 하나! 둘! 뒤뚱 뒤뚱! 하나! 둘! 뒤뚱 뒤뚱!

그때 타비사 스윗칫 부인이 정원으로 나와 옷을 홀딱 벗은 채 담 위에 앉아 있는 아기 고양이들을 발견했어요.

부인은 담장에서 아기 고양이들을 끌어내려 찰싹 때려주고 집으로 들여보냈지요.
"이제 곧 친구들이 도착할 텐데, 너희들은 만나지 않는 게 좋겠구나. 이거 원 창피해서."
타비사 부인이 말했어요.

부인은 아이들을 방으로 올려 보내고 친구들에게는 홍역에 걸려 누워 있다고 거짓말을 했어요.

하지만 엄마의 말과는 정반대로 삼남매는 침대에 잠시도 누워 있지 않았어요.
그 바람에 온화하고 품위 있는 티파티를 방해하는 아주 이상한 소리가 머리 위에서 계속 들렸어요.

오리들은 연못으로 갔어요. 단추가 없어서 옷은 이내 홀딱 벗겨졌지요.

드레이크 퍼들 덕 아저씨와 제미마, 레베카는 그 이후로 줄곧 그 옷들을 찾고 있다고 해요.

'진저와 피클스'는 수고양이 진저와 테리어 개 피클스가 운영하는 가게입니다. 착한 진저와 피클스는 단골손님들에게 외상으로 물건을 팔지만, 돈을 가져다주는 손님은 없습니다. 돈이 바닥나 더 이상 가게 운영이 어렵다고 판단한 둘은 어느 날 문을 닫고 정산을 한 뒤 영원히 가게를 닫기로 결정합니다. 이제, 진저와 피클스는 어떻게 될까요?

Beatrix Potter

The Tale of Ginger & Pickles
진저와 피클스 이야기

옛날 어느 작은 마을에 가게가 하나 있었습니다. 창문 위에는 '진저와 피클스'라는 가게 이름이 붙어 있었지요.

조그만 가게였는데, 인형 루신다와 제인에게는 오히려 적당한 곳이었어요. 루신다와 제인은 진저와 피클스에서 늘 장을 보곤 했지요. 계산대 안쪽은 토끼들에게 적당한 높이였어요. 진저와 피클스에서는 빨간 얼룩무늬 손수건을 1페니 3파딩에 팔았답니다. 설탕과 코담배, 나막신도 팔았고요. 작은 가게지만 신발끈이나 머리핀, 양 갈비 고기처럼 급하게 필요한 몇 가지를 빼면 없는 게 없었어요. 진저와 피클스는 가게를 지키는 이들의 이름입니다. 진저는 노란색 수고양이이고, 피클스는 테리어 개입니다.

토끼들은 피클스를 조금 무서워해요.

진저와 피클스는 생쥐들에게도 단골가게였습니다. 녀석들은 수고양이 진저를 엄청 무서워하면서도 이 가게를 자주 이용하고 있지요. 생쥐들이 가게에 들를 때면 진저는 고객 응대하는 일을 피클스에게 맡깁니다. 생쥐들을 보면 자꾸 입에 침이 고이기 때문이지요.
"생쥐들이 조그만 꾸러미를 들고 문을 나서는 모습을 보면 참을 수가 없어."
진저가 말했습니다.
"쥐들을 보면 사실 나도 그래. 하지만 아무리 그렇더라도 우리 가게를 찾아오는 손님을 먹는 일은 절대 없을 거야. 우리 가게가 아니면 타비사 트윗칫 가게로 가야 할 테니까."
피클스가 말했습니다.
"거기가 아니면 갈 데가 없을 거야."
진저가 우울한 얼굴로 대답했습니다.
(타비사 트윗칫은 다른 가게인데, 그곳에선 외상으로 물건을 팔지 않습니다.)

진저와 피클스는 손님들에게 제한 없이 외상을 주곤 했습니다.
여기서 '외상'이란 손님이 비누를 하나 살 때 바로 지갑을 꺼내 값을 지불하지 않고 다음 번에 내겠다고 말하는 것입니다.
"그러세요, 부인!"
피클스는 정중하게 고개 숙여 인사하며 말한 다음 외상 장부에 적어 놓지요.

손님들은 진저와 피클스를 무서워하면서도 쉴 새 없이 찾아와 온갖 물건을 사가곤 합니다.
하지만 '계산대'에는 돈이 하나도 없습니다.

손님들은 날마다 떼 지어 찾아와 물건을 사 가는데, 특히 토피 사탕을 사러오는 손님이 가장 많습니다.
하지만 바로바로 물건 값을 지불하는 손님은 하나도 없지요. 심지어 1페니 어치의 페퍼민트까지 외상을 할 정도니까요.
하지만 파는 양은 엄청나서 타비사 트윗칫 가게보다 아마 열 배는 더 많을 거예요.

진저와 피클스는 돈이 없으니 가게에서 파는 물건을 먹을 수밖에 없습니다. 피클스는 주로 비스킷을 먹고, 진저는 주로 말린 생선을 먹습니다. 둘은 가게를 닫은 다음 촛불을 켜 놓고 식사를 하지요.

1월 1일 새해가 되었지만 여전히 돈이 없어서 피클스는 개 면허증을 살 수가 없습니다.
"경찰을 무서워해야 한다니 이게 말이나 돼? 게다가 너무 불편하잖아!"
피클스가 말했습니다.
"네가 테리어인 게 잘못이야. 나는 면허증도 필요 없고, 양치기 개 켑도 필요 없거든."

"그리고 내 느낌엔 아무래도 안나 마리아가 물건을 훔치는 거 같아. 그 많던 크림 크래커가 다 어디로 갔냐고?"
"네가 다 먹었잖아."
진저가 대답했습니다.

진저와 피클스는 가게 문을 닫고 뒷방으로 갔습니다. 그러고는 정산을 했지요. 더하고, 더하고, 또 더했습니다.
"새뮤얼 위스커 씨는 자신의 꼬리 길이 만큼이나 외상을 쌓아놨어. 10월에는 1과 3/4 온스 어치의 코담배를 외상으로 사갔고."
"3월 1일에 버터 7파운드, 봉랍 한 자루, 성냥 네 개는 어쩌고?"
"외상 손님들한테 빠짐없이 청구서를 보내자. 회계 담당자들한테도."
진저가 대답했습니다.

잠시 후, 누군가 가게 문을 밀기라도 하는지 시끄러운 소리가 들렸습니다. 진저와 피클스는 뒷방에서 나왔습니다. 카운터에는 봉투가 하나 놓여 있었고, 경찰이 공책에 무언가를 적고 있었습니다. 피클스는 경련을 일으킬 정도로 무섭게 짖고 또 짖으며 앞으로 돌진했습니다.
"물어, 피클스! 물어!"
진저가 설탕 통 뒤에서 식식거리며 말했습니다.
"그냥 평범한 독일 인형이야!"
경찰은 계속해서 공책에 무언가를 적었습니다. 연필을 두 번 입에 넣었고, 한 번은 시럽을 찍었습니다.
피클스는 목이 다 쉬도록 쉴 새 없이 짖었습니다. 하지만 경찰은 모른 체했습니다. 그의 눈은 까만 보석 같았고 헬멧은 바늘로 꿰매져 있었습니다.

경찰에게 마지막으로 달려간 뒤 한참 있다가 피클스는 가게가 비어 있다는 것을 깨달았습니다. 경찰은 어느 틈에 사라지고 없었지요. 하지만 봉투는 그대로 있었습니다.

"진짜 경찰을 데리러 간 건 아니겠지? 진짜 경찰이 와서 우릴 잡아갈까봐 걱정돼."
피클스가 말했습니다.
"아니야."
봉투를 열어 보며 진저가 말했습니다.
"이자랑 세금이야. 319파운드 11페니 3/4파딩."
"이게 우리가 가진 전부야. 이제 영원히 가게 문을 닫자."
피클스가 말했습니다.
진저와 피클스는 덧문을 닫고 가게를 나왔습니다. 하지만 이웃들의 기억에서 둘은 잊히지 않았습니다. 물론 그들 중 어떤 이들은 이 둘이 영원히 사라지길 바라고 있을지도 모르지만 말이지요.

진저는 사육장에서 살고 있습니다. 앞으로 무슨 일을 하며 살 지는 모르겠지만 어쨌든 진저는 편안해 보였습니다.

피클스는 현재 사냥터 관리인으로 일하고 있습니다.

진저와 피클스 가게가 문을 닫자 동물들은 여간 불편한 것이 아니었습니다. 타비사 트윗칫은 기다렸다는 듯 모든 물건 가격을 반 페니씩 올렸고, 여전히 외상은 받지 않았습니다.
물론 정육점 주인이나 어부, 빵집 주인 티모시가 마차를 끌고 와 이따금 물건을 팔기도 합니다.
하지만 '씨드 위그'와 스펀지 케이크, 버터 번을 주식으로 먹고 살 수는 없습니다. 티모시네 스펀지 케이크가 아무리 맛있다 해도 말이죠!

얼마 후, 존 덜마우스 씨와 그의 딸은 페퍼민트와 초를 팔기 시작했습니다.
하지만 '여섯 조각'으로 균등하게 자르지 않아, 15센티미터 길이의 초를 하나 옮기는 데 다섯 마리의 생쥐가 힘을 모아야 했죠.

설상가상으로 따뜻한 날씨 탓에 손님들이 사간 초가 모두 이상한 모양으로 구부러졌습니다.
초를 사간 손님들은 하나같이 불만을 토로하며 환불을 요구했지만 덜마우스 씨의 딸은 받아들이지 않았습니다.

그리고 덜마우스 씨에게도 불만을 토로하자, 침대 속으로 들어가
"아주 아늑하다"는 말만 하고 나오지 않았습니다. 소매업을 하는
사업자가 결코 해서는 안 되는 행동이죠.

그래서 샐리 헤니 페니가 개업 세일을 한다는 전단지를 돌렸을
때 모두들 기뻐했습니다.
"협력업체는 점블! 페니 네의 저렴한 가격! 와서 보고, 와서 사고!"
전단지 내용은 삽시간에 퍼져 나갔지요.

개업식날 동물들이 몰려들었습니다. 가게는 손님들로 가득 차고, 그 바람에 생쥐 일행은 비스킷 통 위로 올라가야 했지요.
샐리 헤니 페니는 잔돈을 세느라 허둥댔어요. 그녀는 현금으로만 받겠다고 선언했지만 그래도 나쁜 주인은 아니었어요.

그녀는 품질이 뛰어난 다양한 제품을 저렴한 가격에 팔았지요.
그 가게에는 모두를 만족시키는 무언가가 있었어요.

어느 날, 고양이 리비는 강아지 두체스를 자기 집에 초대합니다. 두체스는 리비의 초대가 무척 반갑습니다. 그러나 끔찍이도 싫어하는 '쥐로 만든 파이'를 대접받게 될까 봐 걱정이에요. 궁리 끝에 그는 리비가 잠시 집을 비운 사이 그녀의 오븐에 자기가 좋아하는 파이를 갖다놓습니다. 그러나 예기치 않게 일이 꼬여 '쥐로 만든 파이'를 먹게 되고 병원에까지 실려 가는데…….

Beatrix Potter

The Tale of the Pie and the Patty Pan
파이와 패티 팬 이야기

BUTTER AND MILK FROM THE FARM

옛날에 리비라는 고양이가 살았습니다. 리비는 두체스라는 강아지에게 함께 차를 마시자고 초대했지요.
"내 친구 두체스야, 너무 늦지 않게 우리 집에 오렴. 그러면 나랑 같이 아주 근사한 걸 먹게 될 거야. 테두리가 분홍색으로 칠해진 파이 접시에 지금 파이를 굽고 있거든. 아마 지금까지 넌 이렇게 맛있는 파이를 먹어 본 적이 없을 거야! 파이는 네가 다 먹어도 돼! 나는 머핀을 먹으면 되니까!"
두체스는 편지를 읽고 답장을 썼어요.
"내 친구 리비야, 셀레는 마음으로 3시 45분까지 갈게. 근데, 참 신기하다. 나도 오늘 널 저녁식사에 초대하려고 했거든. 정말 맛있는 걸 함께 먹자고 말이야. 아무튼 늦지 않게 갈게."
두체스는 마지막에 한 줄을 더 썼습니다.
"혹시 그 맛있다는 게 쥐는 아니겠지?"

THE INVITATION

그러고는 잠시 생각해 보니 너무 무례한 것 같아 "설마 쥐는 아니겠지?"라고 쓴 부분을 지우고 "정말 맛있는 파이였으면 좋겠다"라고 고쳐 쓴 다음 우체부에게 건네주었어요.

'그 맛있다는 게 쥐 고기일까 봐 걱정이네. 쥐 고기 파이는 진짜 못 먹는데. 파티니까 리비가 주는 음식을 안 먹을 수도 없고 말이야. 나는 송아지 고기와 햄을 넣은 파이를 대접하려고 했는데. 나도 핑크색 테두리의 흰색 파이 접시에 담아서 내놓으려고 했어. 타비사 트윗칫 네서 같이 샀으니 당연히 똑같은 접시겠지!'
두체스는 자신의 응접실로 가서 선반에서 파이를 꺼내서 살펴봤습니다.

'이제 오븐에 굽기만 하면 되는데. 너무 훌륭한 파이 껍질이야. 파이 껍질 모양을 잡기 위해 패티 팬을 넣었지. 그리고 김이 빠지라고 반죽의 가운데에 포크로 구멍도 내줬고. 쥐가 들어간 파이 대신 내가 만든 파이를 먹었으면 좋겠다!'

두체스는 리비의 편지를 다시 읽으며 생각하고 또 생각했습니다.

'분홍색 테두리에 하얀 파이 접시, 네가 다 먹어도 돼. 여기서 '너'는 나고, 그러면 리비는 맛도 보지 않겠다는 거야? 분홍색 테두리에 하얀 파이 접시! 리비는 분명 머핀을 사러 나간다고 했지. 아, 좋은 생각이 떠올랐어! 리비가 집을 비운 사이에 오븐에 살짝 내 파이를 갖다 놓고 오는 거야!"

THE PIE MADE OF MOUSE

두체스는 자신의 영리한 머리에 감탄했습니다. 그 사이 리비는 두체스의 답장을 받고 강아지 친구가 온다는 걸 확인하자마자 파이를 오븐에 넣었어요. 리비는 오븐이 두 개 있었는데, 하나 위에 또 하나의 오븐이 있었지요. 오븐에는 장식용 손잡이가 여러 개 달려 있었답니다. 리비는 문이 뻑뻑한 아래쪽 오븐에 파이를 넣었어요.

'위쪽 오븐은 너무 빨리 익으니까 안 돼. 이건 가장 섬세하고 부드러운 베이컨을 얹은 저민 쥐 고기 파이잖아. 지난 번 내가 연 파티에서 두체스가 생선 가시에 걸릴 뻔해서 뼈도 다 발라냈지. 입에 가득 넣고 먹기보다는 좀 빨리 먹는 편이지만 그래도 가장 고상하고 우아한 강아지니까 분명 내 사촌 타비사 트윗칫에게 아주 좋은 친구가 될 거야.'

리비는 석탄을 지피고 난로를 청소했습니다. 그러고는 주전자를 채울 물을 뜨러 통을 들고 우물로 나갔지요.

부엌뿐만 아니라 거실도 정리하기 시작했어요. 대문 앞에 나가 매트들을 털어서 제자리에 놓았지요. 난로 앞에 놓은 러그는 토끼털이었어요. 벽난로 위 선반에 있는 시계와 장식품들의 먼지도 털고 식탁과 의자도 닦고 광을 냈지요.

그리고 아주 깨끗하고 하얀 식탁보를 깔고 벽난로 옆 붙박이 찬장에서 가장 좋은 그릇 세트를 꺼냈답니다. 분홍 장미 문양이 들어간 찻잔과 흰색과 파란색이 어우러진 식사용 접시였어요.

리비는 식탁을 다 차리고 나서 우유병과 흰색과 파란색의 식사용 접시를 들고 농장에 우유와 버터를 가지러 갔어요.
그런 다음 집으로 돌아와 아래에 있는 오븐을 들여다봤는데, 파이가 잘 익고 있었지요.
리비는 숄을 걸치고 모자를 쓰고 바구니를 들고 다시 집을 나섰어요. 이번에는 찻잎 한 통과 설탕 한 덩이, 마멀레이드 한 통을 사러 마을 가게에 가는 것이었지요.
때마침 두체스도 마을 반대편에서 막 집을 나서는 길이었습니다.

THE VEAL AND HAM PIE

리비는 흰 천으로 덮은 바구니를 들고 가다가 중간에서 두체스를 만났습니다. 서로 인사는 했지만 파티를 할 예정이므로 아무 말도 하지 않았지요.
두체스는 모퉁이를 돌자마자 리비네 집을 향해 무작정 뛰었어요! 리비는 가게로 가서 필요한 것들을 사고 사촌 타비사 트윗칫과 즐겁게 수다를 떤 다음 가게를 나왔지요.

사촌 타비사는 리비와 이야기를 나눈 뒤 리비가 경멸스럽다며 말했어요.
"강아지와 차를 마시다니, 참나! 이 동네에 고양이가 없는 것도 아니고. 거기다 차를 마시는데, 파이를 굽다니! 그 발상하고는!"
리비는 티모시네 빵집에서 머핀을 사서 집으로 갔어요. 그녀가 앞문으로 들어갈 때 집 뒤쪽에서 슥슥 뭔가 움직이는 소리가 들린 것 같았어요.
'설마 파이에서 나는 소리는 아니겠지? 숟가락들도 잘 넣어뒀는데……'
리비가 혼잣말로 중얼거렸어요.
집 안으로 들어가 보니 거기엔 아무도 없었어요. 리비는 힘겹게 오븐을 열고 골고루 익도록 파이를 돌렸지요. 그러자 맛있게 구워진 쥐 냄새가 솔솔 풍기기 시작했습니다.
그 사이 두체스는 뒷문으로 빠져 나갔어요.
'내 파이를 넣을 때 보니까 리비의 파이가 오븐에 없던데, 정말 이상하네. 집 안을 샅샅이 뒤졌는데도 못 찾았어. 내 파이는 따뜻한 위쪽 오븐에 넣어놨지. 다른 손잡이들은 하나도 열리지 않았거든. 아마 다 모형인가 봐. 그래도 쥐 고기 파이를 없애 버리고 싶었는데! 도대체 리비는 파이를 어떻게 한 거지? 갑자기 리비가 오는 소리가 들려서 뒷문으로 빠져 나올 수밖에 없었어.'

WHERE IS THE PIE MADE OF MOUSE?

두체스는 집으로 돌아가 자신의 아름다운 털을 손질하고 리비에게 줄 선물로 정원에서 꺾은 꽃다발을 들고 네 시가 될 때까지 기다렸습니다.

리비는 찬장과 식품 창고에 아무도 없다는 걸 확인한 뒤 위층으로 올라가 옷을 갈아입었어요.

리비는 파티에 어울리는 연보라색 실크 드레스를 입고 자수가 놓인 앞치마와 장식용 케이프를 어깨에 둘렀습니다.

'이상하네. 서랍이 왜 열려 있지? 누가 내 장갑을 껴보려고 했나?'
다시 아래층으로 내려와 차 주전자를 난로용 요리판에 올려놓고 차를 끓였습니다. 그러고는 아래쪽 오븐을 다시 들여다보았지요. 뜨끈뜨끈, 노릇노릇 파이가 잘 구워지고 있었어요.

READY FOR THE PARTY

리비는 난로 앞에 앉아서 두체스를 기다렸어요.
'아래에 있는 오븐을 쓰길 잘했어. 위에 있는 오븐은 분명 너무 뜨거웠을 거야. 근데, 왜 찬장 문이 열려 있지? 집에 진짜 누가 있는 건가?'
두체스는 4시 정각에 출발했습니다. 잽싸게 뛰어온 터라 생각보다 일찍 도착해 리비의 집 앞 길가에서 잠깐 기다려야 했지요.
'리비가 벌써 내 파이를 꺼냈으면 어떡하지? 그리고 쥐로 만든 다른 음식을 내놓으면 어쩌지?'

4시 15분이 되자, 두체스는 고상하고 우아하게 문을 두드렸습니다.
"립스톤 부인, 계세요?"
두체스가 현관에서 물었어요.
"들어와! 잘 지냈지, 내 친구 두체스야? 보고 싶었어."
"잘 지냈어. 고마워, 친구야. 넌 어떻게 지냈니? 여기 너를 위해 준비한 선물이야. 오는 길에 꽃을 좀 꺾어왔어. 파이 냄새 좋다!"

DUCHESS IN THE PORCH

"어머나, 예쁜 꽃이네. 응, 베이컨과 쥐를 넣은 파이야!"
"음식에 대해서는 말하지 마, 리비!" 두체스가 말했습니다.
"식탁보가 정말 예쁘다. 파이는 돌렸어? 아직 오븐에 있어?"
"5분 정도만 더 구워서 색깔만 좀 내면 될 것 같아." 리비가 말했습니다.
"기다리는 동안 차 줄게. 설탕 넣을래, 두체스?"
"응, 설탕 넣어 줘, 리비. 그리고 설탕 조각 하나 먹어도 될까?"
"응, 그럼! 그렇게 예쁘게 부탁을 하다니! 정말 귀엽다!"

두체스는 설탕 한 조각을 코에 대고 킁킁거렸습니다.
"파이 냄새 참 좋다! 송아지 고기와 햄을 넣은 파이는 내가 제일 좋…… 아, 아니 내말은 쥐고기와 베이컨을 넣은 파이를 내가 제일 좋아한다고!"

두체스는 당황해서 설탕을 떨어뜨렸고, 설탕을 줍느라 식탁 밑으로 들어가는 바람에 리비가 어떤 오븐을 열어 파이를 꺼내는지 보지 못했습니다.

리비는 파이를 식탁 위에 올려놨는데, 정말 맛있는 냄새가 났어요. 두체스는 설탕을 오독오독 씹으며 식탁보 밑에서 나와 의자에 앉았지요.

"먼저 내가 파이를 잘라 줄게. 나는 머핀이랑 마멀레이드를 먹을 거야."

"정말 머핀이 더 좋아? 파이에 패티 팬이 들었으니까 조심해!"

"뭐라고?"
리비가 물었어요.
"마멀레이드 좀 줄래?"
두체스가 황급히 말했지요.

파이는 정말 맛있었어요. 머핀도 따뜻하고 부드러웠지요. 음식은 순식간에 없어졌어요. 특히 파이가 가장 빨리 없어졌어요.
(두체스는 속으로 생각했어요) '리비가 파이를 자를 때 아무것도 눈치 채지 못한 것 같던데, 파이를 오븐에 넣어 두길 정말 잘한 거 같아. 파이 속도 어찌나 잘고 곱던지! 내가 고기를 그렇게 잘게 저몄는지 미처 몰랐네. 리비 오븐이 내 것보다 더 빨리 구워지는 것 같아.'
'두체스가 파이를 얼마나 빨리 먹어치우던지!'
리비는 다섯 개째 머핀에 버터를 바르며 생각했습니다.

파이 접시는 순식간에 비었어요. 두체스는 벌써 네 조각을 먹었고, 숟가락을 만지작거리고 있었지요.
"베이컨 좀 더 먹을래, 두체스?"
"고마워, 리비. 패티 팬 맛이 느껴져서 말이야."

WHERE IS THE PATTY-PAN?

"패티 팬이라고?"
"파이 껍질 모양을 예쁘게 만들어 주는 패티 팬 말이야."
까만 털 속으로 얼굴을 붉히며 두체스가 말했어요.
"나는 파이에 패티 팬을 넣지 않았어, 두체스. 쥐고기 파이를 만드는 데 패티 팬은 필요 없거든."
"못 찾겠어!"
두체스는 숟가락을 만지작거리며 불안한 듯 말했어요.
"파이에 패티 팬은 없어."
리비는 당황해하며 말했어요.
"그래, 리비. 진짜 패티 팬은 어디 간 거야?"
두체스가 말했습니다.

"분명히 말하는데 패티 팬은 하나도 없어, 두체스. 나는 파이에 쇳조각을 넣는 걸 좋아하지 않아. 바람직하지 않은 것 같거든. 특히나 통째로 삼키는 건 더더욱 아닌 것 같아!"
리비는 목소리를 낮추어 말했습니다.
두체스는 두려운 표정으로 파이 접시를 뒤적였어요.
"우리 시퀸타 이모 할머니가 크리스마스 자두 파이를 드시다 골무를 삼켜서 돌아가셨어. 그래서 나는 파이에 쇳조각을 절대 넣지 않아."
두체스는 경악하며 파이접시를 뒤적였어요.
"나는 패티 팬을 네 개 갖고 있는데, 모두 찬장 안에 그대로 있어."
두체스가 울부짖었어요.
"나 죽어! 나 죽는다구! 내가 패티 팬을 삼켰어! 맙소사! 리비, 나 속이 이상해!"
"그럴 일은 절대 없어, 두체스. 파이에는 패티 팬이 없어."
두체스는 고통스러워하고 끙끙 거리면서 몸을 흔들었어요.
"나 너무 무서워. 패티 팬을 삼켰어."
"파이에는 아무것도 없었어."
리비가 심각하게 말했습니다.
"아니, 있었어. 내가 삼킨 게 확실해!"
"기댈 수 있게 베개를 받쳐 줄게, 두체스. 어디가 아픈 거 같아?"
"온몸이 다 아파. 커다란 부채꼴 모양 테두리 패티 팬 조각을 삼켰다고!"

"의사를 불러 줄까? 숟가락은 잘 넣어 둘게."
"응, 그래. 마고티 의사 선생님을 어서 불러 줘, 리비. 마고티 씨는 파이를 엄청 좋아하니까 분명 내 말을 알아들을 거야."
리비는 두체스를 난로 앞 안락의자에 앉힌 다음 의사를 부르러 마을로 서둘러 갔습니다.
리비는 대장간에서 마고티 씨를 찾았어요.
마고티 씨는 우체국에서 얻은 잉크병에 녹슨 못들을 넣느라 바빴지요.
"터무니없는 소리야! 하하!"
그는 머리를 한쪽으로 기울이며 말했어요.
리비는 자기 집에 온 손님이 패티 팬을 삼켰다고 설명했습니다.
"터무니없는 소리! 하하!"라고 한 번 더 말한 다음 서둘러 리비와 같이 갔어요.

DR. MAGGOTTY'S MIXTURE

마고티 씨가 껑충껑충 너무 빨리 뛰는 바람에 리비는 죽어라 하고 달려야 했지요. 리비가 마고티 의사 선생님과 함께 뛰어가는 장면은 온 동네 동물들이 다 알 정도로 눈에 확 띄었어요.
"아마 너무 많이 먹어서 그럴 거야."
사촌 타비사 트윗칫이 말했습니다.

하지만 리비가 의사를 데려가는 사이에 혼자 남겨졌던 두체스에게 신기한 일이 일어났어요. 두체스는 난로 앞에 혼자 앉아서 한숨을 쉬며 신음 소리를 내고 있었고 기분도 좋지 않았지요.
"어쩌다가 그걸 삼켰을까! 엄청 큰 조각이었는데!"
그녀는 벌떡 일어나 식탁으로 가서 숟가락으로 파이를 뒤적였어요.
"없어, 패티 팬이 없어. 분명 내가 넣었는데, 나 말고는 먹은 사람이 없으니 내가 삼킨 게 확실해!"

두체스는 다시 난로 앞에 앉아 슬퍼하기 시작했습니다. 불이 타닥타닥 소리를 내며 활활 타올랐고, 어디서 무언가 지글거리는 소리가 들렸어요!

두체스는 벌떡 일어나 위에 있는 오븐을 열었어요. 진한 송아지 고기와 햄 냄새가 흘러나오고, 오븐에는 노릇노릇 잘 구워진 파이가 있었지요. 파이 껍질 위에 구멍이 뚫려 있고, 조그만 패티 팬도 살짝 보였어요.

두체스는 깊은 한숨을 내쉬었습니다.

'그렇다면 내가 쥐를 먹은 거잖아! 괜히 속이 안 좋은 게 아니었어! 그래도 패티 팬을 삼킨 것보다는 낫지. 리비에게 있는 그대로 상황을 설명하기가 좀 그러네. 내 파이를 뒤뜰에 숨겨 두고 아무 말도 하지 말아야겠어. 집에 갈 때 다시 와서 슬쩍 버려야지.'

두체스는 파이를 뒷문 밖에 두고 난로 앞에 앉아 다시 눈을 감았고, 리비가 의사 선생님을 모시고 왔을 때는 이미 잠든 후였습니다.

"터무니없는 소리!"
의사가 말했어요.
"많이 좋아진 것 같아요."
두체스가 일어나 펄쩍 뛰면서 말했어요.
"나아졌다니 다행이야! 의사 선생님이 약을 가져오셨어, 두체스!"
"선생님이 맥박만 재주시면 한결 좋아질 것 같아!"
부리에 무언가를 물고 옆걸음 치며 다가가는 까치 의사 선생님에게서 두체스는 뒷걸음질치며 말했어요.
"그냥 빵으로 만든 약이야. 먹는 게 좋을 거야. 우유도 좀 마셔, 두체스."
"터무니없는 소리! 터무니없는 소리야!"
두체스가 약이 목에 걸려 켁켁거리며 기침을 하는데, 까치 선생님이 옆에서 말했습니다.

"이제 그 소리 좀 그만 하세요! 자, 여기 잼 바른 빵 줄 테니까 얼른 갖고 밖으로 나가요!"
리비가 화를 내며 말했지요.
"터무니없는 소리! 하! 하! 하!"
까치 의사는 의기양양하게 뒷문으로 나갔어요.
"이제 많이 나아졌어, 리비. 어두워지기 전에 집으로 돌아가는 게 좋을 거 같아."
두체스가 말했어요.
"그게 좋겠다, 두체스. 내가 따뜻한 숄을 빌려 줄게. 나한테 기대도 괜찮아."
"너한테 더는 폐 끼치고 싶지 않아. 정말 많이 좋아졌어. 까치 선생님이 주신 약을 먹어서."
"그 약을 먹어서 패티 팬을 삼킨 게 고쳐진 거라면 까치 선생님이 정말 존경스러운 걸! 그럼 내일 아침에 밥 먹고 잘 잤는지 전화할게!"

서로 다정하게 작별인사를 한 뒤 두체스는 집으로 돌아갔습니다. 집으로 가던 길에 두체스는 멈춰서서 뒤를 돌아보았지요. 리비는 집으로 들어가 문을 닫았습니다. 두체스는 담장 밑으로 기어들어가 리비네 뒷마당으로 가서 안쪽을 살펴봤어요.

다래끼가 난 돼지의 눈꺼풀 위에 까치 선생님이 갈까마귀 세 마리와 함께 앉아 있었어요. 갈까마귀들은 파이 껍질을 먹고 까치 선생님은 패티 팬 밖으로 나온 육즙을 마시고 있었어요.

"터무니없는 소리, 하!하!"

까치 선생님은 구석에서 쿵쿵거리며 주변을 살피는 두체스의 작고 까만 코를 보더니 소리쳤어요.

두체스는 무척 창피해하며 집으로 뛰어갔습니다.

리비는 화들짝 놀랐어요.

'세상에 어떻게 이런 일이! 그러니까 정말 패티 팬이 있었던 거야? 하지만 내 건 모두 찬장에 있으니 내가 그런 건 절대 아니야! 다음에 파티를 하면 타비사 트윗칫을 초대해야겠다!'

SO THERE REALLY *WAS* A PATTY-PAN

엄마 고양이 타비사 트윗칫은 빵을 굽는 동안 아기 고양이들을 찬장에 가둬 놓기로 결정합니다. 그러나 아무리 찾아도 톰 키튼이 보이질 않네요. 한편 톰은 오래된 집 굴뚝으로 올라가다가 발을 헛디뎌 구멍으로 떨어집니다. 그리고 그곳에서 엄청나게 덩치가 큰 쥐 부부를 만나 붙잡히고 말죠. 쥐에게 꼼짝없이 잡아먹히게 된 톰. 과연 이 위기에서 벗어나 목숨을 건지게 될까요?

Beatrix Potter

The Tale of Samuel Whiskers
or The Roly Poly Pudding
새뮤얼 위스커 이야기

옛날에 타비사 트윗칫이라는 걱정 많은 엄마 고양이가 있었습니다. 그녀는 툭하면 새끼들을 잃어버리곤 했는데, 엄마 눈에서 벗어날 때마다 아기 고양이들은 어김없이 장난을 쳤답니다.

그래서 빵을 굽는 날 엄마 고양이는 아기 고양이들을 찬장에 가둬 놓기로 결심했어요.

엄마는 모펫과 미튼은 잡았는데, 톰 키튼은 아무리 찾아봐도 보이지 않았어요.

타비사 부인은 애타게 톰을 부르며 집안 곳곳을 돌아다녔지요. 그녀는 계단 아래 식료품 저장실도 살펴보고, 온통 먼지막이용 천으로 덮여 있는 손님용 침실도 찾아봤어요. 그러고는 곧장 위로 올라가 다락방도 샅샅이 찾아봤지만 톰은 아무 데도 없었지요.

타비사 부인의 집은 워낙 오래 돼서 통로도 많고 찬장도 많았어요. 어떤 벽은 두께가 1미터가 넘었고, 가끔씩 그 안에서 이상한 소리가 들리곤 했어요. 마치 비밀 계단이라도 있는 것처럼 말이에요. 틀림없이 벽 아래 부분 뒤쪽으로 좁고 들쭉날쭉한 출입

구가 있는 것만 같았어요. 밤이면 치즈나 베이컨 같은 것들이 사라지곤 했기 때문이에요.

타비사 부인은 점점 마음이 불안해져서 애타게 톰의 이름을 불렀어요.

엄마가 집을 샅샅이 뒤지는 동안 모펫과 미튼은 장난을 치고 있었어요. 찬장 문이 잠겨 있지 않아서 둘은 문을 열고 밖으로 나왔어요.

둘은 곧장 오늘 구울 빵 반죽을 발효시키고 있는 곳으로 갔어요. 작고 보드라운 앞발로 반죽을 툭툭 건드리면서 장난을 쳤지요.
"우리 조그만 머핀을 만들까?"

그런데 그때 누군가 대문을 두드렸고, 모펫은 깜짝 놀라 밀가루 통 속으로 숨었어요.

미튼은 버터 만드는 곳으로 도망쳐 우유를 끓이는 냄비들이 세워져 있는 돌 선반 위의 빈 항아리 속으로 숨었어요.
이웃에 사는 엄마의 사촌 리비 부인이 이스트를 빌리러 온 것이었지요.

타비사 부인은 아래층으로 내려가 절망스러워하며 흐느껴 울었어요.
"어서 들어와, 리비. 들어와서 앉아. 속상한 일이 있었어."
타비사 부인은 눈물을 흘리며 말했어요.
"내 아들 토마스를 잃어버렸어. 쥐들이 데려갔을까 봐 걱정이야."
앞치마로 눈물을 닦으며 그녀가 말했지요.
"원래 말을 잘 안 듣는 녀석이잖아. 지난 번에 차 마시러 왔을 때는 내가 제일 좋아하는 모자로 고양이 침대를 만들기도 했고. 구석구석 잘 찾아봤어?"
"집 전체를 다 뒤졌어! 쥐는 잡자니 너무 많고. 말썽꾸러기 녀석들 때문에 너무 힘들어!"
타비사 부인이 말했어요.
"굴뚝 청소를 해야지. 오, 맙소사! 리비, 이젠 모펫과 미튼도 사라졌어!"

"녀석들, 찬장에서 도망쳤구나!"

리비와 타비사는 다시 집을 샅샅이 뒤지며 아이들을 찾기 시작했어요. 리비의 우산으로 침대 아래를 찔러 보고, 찬장들도 모두 뒤졌지요. 심지어 촛불을 가져와 다락방의 옷장 안도 살펴봤지만 아이들은 보이지 않았습니다. 그때 아래층에서 문소리가 들려 허둥지둥 내려갔지요.

"쥐 때문에 나는 소리였나 봐. 집에 쥐가 많거든. 지난 토요일에는 부엌 뒤쪽에 있는 쥐구멍에서 나오는 어린 쥐 일곱 마리를 잡아서 저녁으로 먹었어. 그리고 그 아빠 쥐와 마주쳤는데 몸집이 엄청 큰 거야. 누런 이빨을 드러내는 걸 보고 나도 공격하려고 했는데 쥐구멍 속으로 순식간에 사라져 버리더라고. 그 쥐가 자꾸 마음에 걸려, 리비."

타비사가 말했어요.

리비와 타비사는 아이들을 찾고 또 찾았어요. 그런데 다락방 마루 아래서 뭔가 굴러가는 듯한 이상한 소리가 들렸어요. 하지만 아무것도 보이지 않았어요.

리비와 타비사는 부엌으로 돌아갔어요.
"여기 한 마리는 찾았네."
리비가 밀가루 통에서 모펫을 끌어내며 말했지요. 둘은 모펫의 몸에 묻은 밀가루를 털어주고 부엌 마루에 내려주었어요. 모펫은 무척이나 겁을 먹은 것처럼 보였지요.

"엄마! 엄마! 부엌에 있던 쥐 아줌마가 밀가루 반죽을 훔쳐갔어요!"
리비와 타비사는 곧장 반죽이 있는 곳으로 달려갔어요. 거기엔 작은 손가락으로 할퀸 자국이 선명했고, 반죽 한 덩이가 보이지 않았어요.
"모펫, 그 쥐가 어디로 갔니?"
하지만 모펫은 너무 무서워서 다시 통 밖을 내다볼 수가 없었어요.
리비와 타비사는 모펫을 자신들 눈에 보이는 안전한 곳에 데려다 놓고 계속해서 찾기 시작했지요.
둘은 버터를 만드는 곳으로 갔어요.

리비와 타비사는 빈 항아리에 숨어 있던 미튼을 찾아냈어요.

둘이서 항아리를 쓰러뜨려 미튼은 간신히 기어 나왔지요.
"엄마! 엄마!"

"엄마, 엄마! 여기에 쥐 아저씨가 있었는데 엄청나게 컸어요. 그 아저씨가 버터랑 밀방망이를 훔쳐갔어요."
리비와 타비사는 서로를 쳐다보았어요.
"밀방망이랑 버터! 오, 불쌍한 내 아들 토마스!"
타비사는 한탄하며 소리쳤어요.
"밀방망이? 다락방에서 옷장을 뒤질 때 뭔가 굴리는 이상한 소리 들었잖아!"
리비와 타비사는 서둘러 위층으로 올라갔어요. 다락방 마루 아래에서 여전히 아주 또렷이 무언가를 굴리는 소리가 들렸지요.

"이거 심각한데, 타비사. 당장 존 조이너를 불러야 해. 톱도 가져 오라고 하고."

이제부터는 아기 고양이 톰 키튼에게 일어난 일입니다.
아주 오래된 집 굴뚝에 올라가는 일이 얼마나 어리석은 일인지 알게 될 거예요. 길도 모르는 데다 그곳엔 거대한 쥐가 있기 때문이지요.

톰 키튼은 찬장에 갇혀 있기 싫었어요. 엄마가 빵을 구우려는 걸 보고 그는 얼른 숨어야겠다고 생각했지요.

그는 근사하고 편안한 곳을 찾다가 굴뚝으로 결정했습니다.

막 불을 지피기 시작해서 난로는 뜨겁지 않았지만 초록색 나무 토막에서 숨 막히는 흰 연기가 나왔어요. 톰은 난로망에 올라가 위를 올려다봤어요. 크고 오래된 벽난로였지요.

굴뚝은 사람이 일어나 돌아다닐 정도로 공간이 넓었기 때문에 톰에게는 넉넉했어요.

톰은 난로 안으로 뛰어올라가 주전자를 거는 철봉 위에서 중심을 잡았어요.

톰은 철봉 위에서 높이 뛰어 굴뚝 안에 있는 선반으로 올라갔습니다.
굴뚝은 아주 크고 오래된 것으로 사람들이 난로를 쉬지 않고 피우던 시절에 지어진 것이었어요.
굴뚝은 지붕 위에 작은 석탑처럼 솟아 있었고, 꼭대기에서부터 햇살이 내리비추고 있었어요. 비스듬한 지붕은 비를 막아주고 있었지요.

톰은 점점 겁이 났어요. 그는 계속해서 올라가고 또 올라갔지요. 두껍게 쌓여 있는 그을음을 옆으로 헤치며 갔는데, 마치 꼬마 굴뚝 청소부가 된 듯한 기분이었어요.

톰은 깜깜해서 아무것도 보이지 않아 어디로 가야 할지 몰랐어요. 연통이 또 다른 연통으로 이어지는 것 같았지요. 연기는 줄어들었지만 톰은 어찌할 바를 몰랐어요.

그래도 계속 기어 올라갔는데, 굴뚝 꼭대기에 도착하기 전에 굴뚝 벽을 누군가 헐겁게 만들어 놓은 부분을 발견했지요. 거기에는 양 고기 뼈가 놓여 있었어요.

"참 이상하네. 누가 여기에 뜯다 버린 뼈다귀를 갖다놨지? 내가 지금 여기에 없었다면 얼마나 좋을까? 그런데 이 이상한 냄새는 뭐지? 쥐 냄새 같은데, 엄청 강한데? 재채기가 나올 정도야."

고양이 톰이 말했어요.

톰은 벽에 난 구멍으로 비집고 들어가 거의 아무것도 보이지 않는 비좁고 불편한 통로를 발을 끌며 지나갔어요.

톰이 있는 곳은 다락방 안의 벽 밑부분에 '*'표시가 된 곳의 바로 뒤쪽이었어요.

순간 어둠 속에서 톰이 거꾸로 넘어져 구멍으로 빠져서 아주 지저분한 넝마 더미 위로 떨어졌어요.
톰이 일어나 주변을 살펴봤는데 처음 보는 낯선 곳이었어요. 태어나 평생을 이 집에서 살았는데도 한 번도 보지 못한 곳이었지요.
그곳은 퀴퀴한 냄새가 나는 좁은 공간이었는데, 판자와 서까래, 거미줄과 나뭇가지, 회반죽이 여기 저기 널브러져 있었어요.
그의 맞은편에는 거대한 쥐가 한 마리 있었어요. 톰은 가능한 멀리 떨어져 앉았지요.
"왜 온 몸에 검댕을 묻히고 내 침대로 굴러들어온 거냐?"
쥐가 이빨을 드러내며 말했어요.

"어…… 그러니까…… 굴뚝 청소를 해야 할 것 같아서요."
불쌍한 아기 고양이 톰 키튼이 말했어요.

"안나 마리아! 안나 마리아!"
쥐 아저씨가 소리쳤어요. 뭔가를 두드리는 소리가 나더니 쥐 아줌마가 서까래 옆에서 얼굴을 내밀었지요.

그녀는 톰이 어떻게 해 볼 틈도 없이 갑자기 달려들었어요. 톰의 코트를 벗긴 다음 바닥에 굴려서 줄로 단단히 묶어 버렸어요. 안나 마리아가 톰을 묶는 동안 쥐 아저씨는 코담배를 맡으며 아줌마를 보고 있었어요. 아줌마가 톰을 다 묶자, 둘은 앉아서 입을 벌리고 톰을 바라봤어요.
"안나 마리아, 오늘 저녁에 고양이 파이 좀 만들어 줘."
쥐 아저씨(그의 이름은 새뮤얼 위스커야)가 말했어요.
"그러려면 밀가루 반죽이랑 버터, 밀방망이가 필요해요, 여보."
그녀는 톰에 대한 생각은 잠시 미뤄 두고 대답했어요.

"아니, 그러지 말고 빵부스러기로 제대로 만들어 줘, 안나 마리아."
새뮤얼 위스커가 말했어요.

"말도 안 돼요! 버터랑 밀가루 반죽이 필요해요!"
안나가 말했어요.
둘은 잠시 상의를 하더니 어디론가 가버렸지요.
새뮤얼 위스커는 벽 아랫부분에 난 구멍으로 들어가 버터를 만드는 곳으로 대담하게 내려갔어요. 그를 본 사람은 아무도 없었지요.

쥐 아저씨가 이번에는 밀방망이를 가지러 갔어요. 아저씨는 밀방망이를 앞에 놓고 앞발로 굴렸어요. 마치 맥주를 만드는 사람이 병을 굴리듯 말이지요.

리비와 타비사가 말하는 게 들렸지만 둘은 옷장 안을 살피려고 초에 불을 켜느라 정신이 없어서 아저씨를 보지 못했어요.

안나 마리아는 벽 아래 부분과 창틀로 이어지는 통로를 따라 부엌으로 가서 밀가루 반죽을 훔쳐 왔어요.

그녀는 조그만 받침 접시를 빌려 앞발로 반죽을 한 움큼 폈어요. 그녀는 모펫이 보고 있는 걸 눈치 채지 못했지요.

톰은 다락방 마루 아래 홀로 남겨지자, 빠져 나오려고 꿈틀거리며 도와달라고 소리치려 했어요.
하지만 입은 검댕과 거미줄이 가득 차 있고, 몸은 단단히 묶여 있어서 소리를 크게 지를 수가 없었지요.
그때 천장의 틈 사이에서 나온 거미가 톰의 목소리를 들었어요.
거미는 안전한 거리에서 매듭을 자세하게 살펴보고 있었지요.
거미는 매듭 전문가였어요. 거미는 운이 나쁜 파리를 거미줄로 꽁꽁 묶는 버릇이 있었으니까요. 하지만 톰을 도와주지는 않았지요.
톰은 지칠 때까지 어떻게든 벗어나 보려고 꿈틀거리고 버둥거렸어요.

얼마 지나지 않아 새뮤얼과 안나가 돌아와 고양이 파이 만들기를 시작했지요. 우선 톰의 몸에 버터를 문지르고 반죽에 굴렸어요.
"이 끈 소화가 안 되는 끈 아니야, 안나?"
새뮤얼 위스커가 물었어요.

안나 마리아는 중요한 건 아니지만 반죽이 자꾸 흐트러지니 톰이 머리를 움직이지 않았으면 좋겠다고 생각하며 귀를 잡았어요.
톰은 물고 있던 재갈을 뱉고 소리 지르고 버둥거렸지만 새뮤얼과 마리아는 양쪽에서 밀방망이를 잡고 밀었어요. 데굴데굴, 데굴데굴.

"꼬리가 삐져 나왔어! 반죽이 모자라잖아, 안나 마리아."
"내가 들고 올 수 있는 만큼 최대한 많이 가져온 거예요."
안나가 대답했어요.
"이걸로는 맛있는 파이가 될 것 같지 않아. 그을음 냄새가 나잖아."
새뮤얼이 하던 일을 멈추고 톰을 들여다보며 말했어요.
안나 마리아가 반박하려는 찰나, 갑자기 거친 톱질 소리가 들리고,
강아지가 굵고 으르렁거리는 소리가 들렸어요.

쥐들은 밀방망이를 떨어뜨리고 들리는 소리에 귀를 기울였어요.
"안나, 아무래도 우리 들킨 것 같아. 요리는 그만하고 우리 물건 챙겨서 여기서 당장 도망가자. 물론 훔친 것도 빠뜨리지 말고 챙겨."
"아쉽지만 고양이 파이를 두고 가야겠네요."

"하지만 당신이 뭐라고 반대로 주장해도 나는 매듭은 먹을 수 없다는 사실을 확신해."
"빨리 와서 이불에 양 고기 뼈 싸는 것 좀 도와줘요. 내가 훈제 된 햄 절반 정도를 얻어서 굴뚝에 숨겨놨어요."

존 조이너가 다락방 마루를 드러내고 내려갔을 때 이미 쥐들은 도망쳐 버리고 밀방망이와 지저분한 파이 반죽에 싸여 있는 톰만 있었어요.

하지만 그곳에는 쥐 냄새가 강하게 났고, 존 조이너는 오전 내내 그곳에서 킁킁 냄새를 맡고, 낑낑거렸어요. 또 꼬리를 흔들기도 하고, 송곳처럼 구멍에 머리를 박고 빙글빙글 돌기도 했어요.

존은 잘라 냈던 마루 조각을 못으로 박고 가방에 공구들을 넣은 다음 아래층으로 내려왔어요.

고양이 가족은 많이 진정이 되었어요. 그들은 존에게 저녁을 먹고 갈 것을 권했지요.

톰의 몸을 감싸고 있던 파이 반죽을 벗겨서 건포도를 넣은 푸딩을 만들었어요. 건포도를 넣으니 반죽의 검댕도 영락없이 건포도 같았어요.

존 조이너는 파이 냄새를 맡았지만 여기서 저녁을 먹을 시간이 없었어요. 포터 양이 주문한 손수레는 다 만들었지만 아직 닭장 두 개를 더 만들어야 했으니까요.

우체국 가는 길 모퉁이에서 차도를 보니 존 조이너가 만들어 준 내 손수레와 똑같은 손수레에 큰 보따리를 싣고 새뮤얼과 그의 부인 안나가 도망가고 있었어요.
그들은 막 파머 포테이토네 헛간 입구로 들어가고 있었지요.
새뮤얼 위스커는 숨이 차서 헉헉거렸고, 안나는 여전히 날카로운 목소리로 남편을 설득하고 있었어요.
나는 절대로 안나에게 내 손수레를 빌려가도 좋다고 허락한 적이 없었어요.

둘은 헛간으로 들어가서 건초 더미 위에 있는 작은 끈 쪼가리를 아래로 내려 겨우겨우 짐을 옮겼어요.

그 후 한동안 타비사 트윗칫의 집에는 쥐가 한 마리도 보이지 않았답니다.

새뮤얼 위스커 부부의 악행은 부부의 자식의 자식의 자식들에게까지 이어져 내려갔어요.

그들에게 끝이란 없었지요.

모펫과 미튼은 커서 매우 유능한 쥐 잡는 고양이가 되었어요.
그들이 마을로 쥐를 잡으러 나가면 많은 곳에서
잡아 달라고 부탁했어요.
쥐를 잡아주고 돈을 비싸게 받아서 풍족하고 편안하게 살았지요.

둘은 자기가 쥐를 얼마나 많이 잡았는지 자랑하려고 헛간 문에 쥐꼬리를 줄줄이 달아 놓았는데 그 개수가 수십 개를 넘었어요.

하지만 톰은 여전히 쥐를 무서워해서 감히 쳐다보지도 못했지요.

글로스터 시의 부자들을 위해 최고급 천으로 옷을 만들고 바느질하는 재단사. 그러나 정작 그는 찢어지게 가난해서 늘 올이 다 드러난 낡은 옷을 입고 있습니다. 어느 날, 재단사는 글로스터 시장님의 옷을 만들게 되는데요. 재단사는 몸이 아파 한동안 옷을 만들지 못하고 곤란한 상황에 놓이게 되죠. 이때 뜻밖의 구세주가 나타나 재단사를 위기에서 구하고 행운까지 선물하는데……. 그들은 과연 누구일까요?

Beatrix Potter

The Tailor of Gloucester
글로스터의 재단사 이야기

머리에 가발을 쓰고 무릎까지 내려오는 주름 잡힌 코트를 입은 사람들이 칼을 들고 다니던 시절, 글로스터에 한 재단사가 있었습니다.

그는 웨스트 게이트 가에 있는 작은 가게의 창가 테이블 위에 아침부터 밤까지 다리를 꼬고 앉아 있었습니다.

해가 질 때까지 하루 온종일 새틴과 퐁파두, 러스터링 같은 이름도 낯설고 굉장히 비싼 천들을 바느질하고 자르고 붙이는 일을 했습니다.

재단사는 부유한 사람들을 위해 최고급 천으로 옷을 만들고 바느질하면서도 정작 자신은 찢어지게 가난했습니다. 체구가 작고 안경을 낀 늙은 재단사는 초췌한 얼굴에 손가락은 구부러졌고 올이 다 드러난 옷을 입고 있었습니다.

 그는 자수천을 바탕으로 최대한 버리는 조각이 생기지 않도록 잘랐는데 그 탓에 테이블 위에는 아주 작은 천조각들만 널려 있었습니다.
"너무 작은 천이라 생쥐들 조끼 말고는 아무것도 만들 수가 없겠구먼."
재단사가 말했습니다.
크리스마스가 가까워진 어느 몹시 추운 날, 재단사는 글로스터 시의 시장님이 입을 코트와 조끼를 만들기 시작했습니다. 코트는 팬지와 장미 자수를 놓은 체리색 코디드 실크로 만들었고, 조끼는 크림색 새틴에 가장자리는 거즈천과 셔닐실로 꾸몄지요.
재단사는 일을 하고 또 하며 중얼거렸습니다. 실크를 재단하고 돌리면서 재단용 가위로 천을 잘랐습니다. 어느 틈에 테이블 위는 체리색 천조각들로 잔뜩 어질러져 있었습니다.

'폭이 너무 부족하니까 비스듬히 자르자. 폭이 너무 부족해! 생쥐들 어깨걸이랑 리본은 되겠네. 생쥐용은 되겠어!' 재단사가 혼잣말을 했습니다.

납으로 된 유리창에 눈이 내려앉고, 잠자리에 드느라 거리의 집들에 하나둘 불이 꺼지기 시작하면 재단사는 비로소 일과를 마쳤습니다. 오려낸 실크와 새틴 조각들은 테이블 위에 있었지요.

테이블 위에는 코트를 만들 12개의 천조각과 조끼를 만들 네개의 천조각, 주머니 덮개와 소매, 단추들이 순서대로 놓여 있었습니다. 코트 안감으로 쓰일 샛노란 호박단과 조끼의 단추구멍을 만들 체리색 실도 있었고요. 다음 날 바로 아침에 바느질을 할 수 있도록 모든 것이 준비되어 있었지요. 체리색 실 한 타래를 빼고는 모든 것이 잘 재단되어 있었고 옷 한 벌을 만들고도 남을 만큼 충분했습니다.

재단사는 가게에서 잠을 자지 않기 때문에 해질녘에 가게에서 나왔습니다. 창문을 닫고 문을 잠그고 열쇠를 가지고 갔습니다. 밤에는 조그만 갈색 쥐들 말고는 가게에 아무도 없습니다. 쥐들은 열쇠 없이도 여기저기를 자유롭게 들락거렸습니다.

글로스터 시의 오래된 집들에는 나무로 만든 징두리벽이 있었습니다. 그리고 그 뒤에는 생쥐들이 다니는 계단과 작은 문이 있었지요. 생쥐들은 이 좁고 긴 통로를 이용해 이 집에서 저 집으로 뛰어다닙니다. 길을 통하지 않아도 마을 전체를 돌아다닐 수 있는 것이지요.

재단사는 가게를 나와 발을 끌며 눈 속을 헤치고 집으로 갔습니다. 그는 컬리지 코트 근처 컬리지 그린으로 가는 길 옆에 살았습니다. 재단사는 너무 가난해서 그 조그만 집 부엌에 세들어 살고 있습니다.
그는 심킨이라는 고양이와 단둘이 살았습니다.

재단사가 일을 하러 나가면 심킨은 하루 종일 혼자서 집을 지켰습니다. 심킨도 물론 생쥐를 좋아하지만 그렇다고 쥐들에게 코트를 만들 새틴을 주지는 않습니다.
"야옹? 야옹?"
재단사가 문을 열자 고양이가 말했습니다.
"심킨, 우리 성공해야 하는데 그러기엔 내가 너무 지쳤어. 2그로트(전 재산인 4펜스)와 옹기병을 가져가서 1펜스로 빵을 사고, 1펜스로 우유를 사고, 1펜스로는 소시지를 사렴. 오, 심킨, 그리고 마지막 1펜스로는 체리색 실크실을 사다 줘. 마지막 1펜스는 절대 잃어버리면 안 돼. 그럼 나는 실이 없어서 망할 테고 실을 싸는 종이처럼 너덜너덜해질 테니."

심킨은 다시 한 번 "야옹?" 하고 대답한 뒤, 그로트와 옹기병을 가지고 어둠속으로 떠났습니다.

재단사는 아주 피곤했고 아프기 시작했습니다. 그는 난로 근처에 앉아서 혼잣말로 훌륭한 코트에 대해 중얼거렸습니다.

"나는 돈을 벌 거야. 글로스터 시장님이 크리스마스 아침에 결혼을 해서 호박단을 안감으로 한 코트와 자수 놓인 조끼를 주문하셨지. 호박단은 충분해. 생쥐들 어깨걸이를 만들 천조각 하나 남지 않았어."

갑자기 재단사가 말을 멈췄습니다. 그러자 부엌 맞은편 옷장에서 조그만 소리가 들렸어요.

톡, 톡, 톡, 톡, 톡.
"무슨 일이지?"
재단사는 의자 위로 올라갔습니다. 찬장에는 그릇과 옹기병, 버들무늬 접시, 찻잔과 머그잔들이 쌓여 있었습니다.
재단사는 부엌을 가로질러 가서 옷장 옆에 조용히 서서 귀를 기울이고 기이한 광경을 들여다보았습니다. 찻잔 아래에서 기이하고 조그만 소리가 들렸습니다.
톡, 톡, 톡, 톡, 톡.
"이거 정말 이상하네." 재단사는 말하며 엎어져 있는 찻잔을 들어 올렸습니다.

컵 밖으로 나온 조그만 생쥐 아가씨가 재단사에게 정중하게 인사를 했어요! 그러고는 찬장으로 뛰어내려서 징두리벽 밑으로 달아났습니다.

재단사는 다시 난로 앞에 앉아서 차가운 손을 녹이며 혼자 중얼거렸습니다.

"조끼는 복숭아색 새틴으로 재단하고 아름다운 실로 자수를 놓아야지. 내 마지막 재산 4펜스를 심킨에 맡긴 건 잘한 일일까?"

그런데 갑자기 찬장에서 조그만 소리가 들렸습니다.

톡, 톡, 톡, 톡, 톡.

"엄청난 일이야!" 재단사는 말하며 다른 찻잔을 뒤집어 보았습니다.

조그만 생쥐 신사가 밖으로 나와 재단사에게 머리 숙여 인사를 했습니다!
그러자 찬장과 징두리벽 아래 곳곳에서 일제히 자그만 발로 두드리는 소리가 동시에 들렸고, 서로에게 대답을 하는 것처럼 들렸습니다.
찻잔 아래에서 톡, 톡, 톡.
밥그릇과 양푼 밑에서 톡, 톡, 톡.
그리고 더 많은 생쥐들이 서랍장과 조끼 밑으로 껑충거리며 뛰어다녔습니다.

재단사는 불 가까이에 앉아서 한탄했어요.
"체리색 실크 천에 120개 단추 구멍! 오늘이 화요일 저녁인데 토요일 정오까지 옷을 완성해야 해. 그런데 저 생쥐들을 풀어 줘도 괜찮을까? 보나마나 심킨의 쥐들일 텐데. 아, 슬퍼라! 실이 더 없어서 난 이제 망했네!"
생쥐들이 다시 나와서 재단사가 하는 말을 듣고 아름다운 코트를 만드는 패턴이 어떤 것인지 알게 되었습니다. 생쥐들은 서로 귓속말로 호박단 안감과 생쥐용 어깨걸이에 대해 이야기했습니다. 그런 다음 갑자기 생쥐들은 징두리벽 밑으로 도망쳤습니다. 생쥐들은 찍찍 찍찍 서로를 부르며 이집에서 저집으로 정신없이 뛰어다녔습니다. 심킨이 우유가 담긴 옹기병을 들고 돌아왔을 때는 재단사의 부엌에 단 한 마리의 생쥐도 없었습니다.

"으르렁 야옹!!"

심킨이 짜증이 나는 듯 문을 벌컥 열고 들어섰습니다. 심킨은 눈을 싫어하는데 귀에도, 목덜미에도 눈이 쌓여 있었습니다. 심킨은 빵과 소시지를 서랍 위에 올려놓고 쿵쿵거렸습니다.

"심킨, 내 실은 어딨지?"

재단사가 물어보았지만, 심킨은 우유가 담긴 옹기병을 서랍 위에 올려 놓고 수상쩍다는 듯이 찻잔만 뚫어져라 쳐다보았습니다. 심킨은 저녁식사로 작고 통통한 생쥐를 먹고 싶었습니다.

"심킨! 내 실은 어딨냐고?"

그런데 심킨은 몰래 작은 꾸러미를 찻주전자 안에 숨기고는 재단사를 향해 침을 뱉고 으르렁거렸습니다. 만약 심킨이 말을 할 줄 안다면 이렇게 묻는 것 같았습니다.
"내 생쥐는 어디 갔지?"
"아, 나는 이제 망했어!"
재단사는 속상해하며 침대로 갔습니다.
재단사가 잠을 자면서 말을 하거나 웅얼거리면 심킨은 "야오-으르르-하악!" 하며 고양이들이 밤에 내는 무서운 소리를 냈습니다.
불쌍하고 늙은 재단사는 열이 나고 많이 아파서 침대에서 뒤척거리면서도 꿈에서 중얼거렸습니다.

"실이 없어! 실이 없어!"
재단사는 하루 종일 아팠습니다. 다음 날도 그다음 날도 아팠습니다. 체리색 코트는 어떻게 되었을까요? 웨스트 게이트 가에 있는 재단사의 가게에 자수가 놓인 실크와 새틴 조각들은 테이블 위에 놓여 있지만 창문도 닫혀 있고 문도 잠겨 있습니다. 누가 와서 옷을 지어 줄까요?
하지만 아무도 갈색 꼬마 생쥐들을 막을 수는 없습니다. 생쥐들은 열쇠 없이도 글로스터의 오래된 집들을 어디든지 다닐 수 있으니까요!

밖에서는 시장 사람들이 거위와 칠면조를 사고 크리스마스 파이를 구워먹기 위해 눈 속을 뚫고 다니지만, 심킨과 불쌍하고 늙은 재단사를 위한 크리스마스 저녁식사는 어디에도 없습니다.

재단사는 3일 동안 밤낮으로 아팠습니다. 그리고 크리스마스 이브의 늦은 밤이 되었습니다. 지붕과 굴뚝 위로 달이 떠올라 컬리지 코트로 가는 길을 비추고 있었습니다. 창가에는 불빛 하나 보이지 않고 집집마다 고요했습니다. 글로스터 도시 전체가 눈에 덮여 잠에 빠진 것 같았습니다.

심킨은 여전히 생쥐를 찾고 싶어 기둥이 네 개 달린 침대 옆에 서서 '야옹' 하고 울었습니다.

그러나 옛날 이야기에서는 크리스마스이브 밤부터 크리스마스 아침까지는 모든 동물들이 말을 할 수 있다고 합니다(동물들이 무슨 말을 하는지 들리거나 이해할 수 있는 사람은 거의 없지만 말이죠).

12시를 알리는 성당 종소리가 울리자 마치 종소리의 메아리처럼 대답 소리가 들렸습니다.

심킨이 그 소리를 듣고 문 밖으로 나와 눈 속을 돌아다녔습니다.

글로스터 시의 수많은 집들에서 크리스마스 캐롤을 부르는 소리가 들렸습니다. 대부분 아는 노래였지만 휘팅턴의 〈종소리〉처럼 처음 듣는 노래도 있었습니다.

제일 먼저, 가장 크게 들린 소리는 "부인, 일어나. 파이 구우라고!" 였습니다.

"오, 이거 놀라운데!"

심킨이 한숨을 쉬었습니다.

다락방에서는 춤을 추는 듯한 소리가 들렸고 불빛이 보였습니다. 맞은 편에서는 고양이들이 다가오고 있었습니다.

"이봐, 사기야, 사기라고. 고양이와 바이올린이라니! 글로스터의 고양이가 모두 모이는구먼. 나만 빼고."

나무로 된 처마 밑의 찌르레기와 참새가 크리스마스 파이를 찬미하고, 성당 탑 안에서 자던 갈까마귀가 일어났습니다. 한밤중인데도 하늘은 개똥지빠귀와 울새의 노래소리로 가득했습니다.

하지만 이 모든 건 불쌍하고 배고픈 심킨을 짜증나게 할 뿐이었습니다.
특히 나무 울타리 뒤에서 들리는 날카로운 소리가 심킨의 신경을 건드렸습니다. 항상 소리는 작은 데다 깜깜한 숲에서 들려 마치 재단사 아저씨가 잠꼬대하는 소리처럼 들려 틀림없이 박쥐일 거라고 생각했습니다.
그들은 뭔가 기이한 소리를 냈습니다.
"파리가 운다, 윙윙. 벌이 운다, 붕붕.
윙윙, 붕붕. 파리와 벌이 운다. 우리도 운다!"
심킨은 머릿 속에 벌이라도 들어 있는 것처럼 귀를 흔들며 가버렸습니다.

웨스트게이트에 있는 재단사의 가게에서 불빛이 흘러나와 심킨은 슬금슬금 다가가 창문으로 들여다보았습니다. 촛불이 가득했고, 아주 작은 가위와 실이 보였고, 조그만 생쥐들은 명랑하고 큰 소리로 노래를 불렀습니다.

"420마리의 재단사가 달팽이를 잡으러 가네.

그 중 최고 능력자 더스트 그는 그녀의 꼬리를 만지지 않았어.

그녀가 뿔피리를 꺼내네. 마치 작은 카일로 소 같네.

도망쳐! 재단사들아, 도망쳐. 안 그럼 그녀가 지금이라도 널 잡아먹을거야."

노래가 끝나기 무섭게 생쥐 한 마리가 또 다시 노래를 부릅니다.

"마님의 오트밀을 체에 걸러요. 마님의 밀가루를 갈지요.

밤을 넣고요. 한 시간 동안 두세요."

"야옹, 야옹~."
심킨이 방해하려고 앞발로 문을 긁었습니다. 하지만 열쇠는 재단사의 베개 밑에 있어 심킨은 가게 안으로 들어갈 수가 없었습니다.
생쥐들은 웃으며, 다른 노래를 시작했습니다.
"생쥐 세 마리가 옷을 지으려 앉아 있네요.
고양이가 지나가다 들여다보네요.
거기서 뭘 하니, 내 작은 친구야?
신사를 위해 코트를 만든단다.
내가 들어가 실을 잘라 줄까?
오, 아니야, 야옹아. 넌 우리 머리를 물 거잖아!"
"야옹, 야옹!"
심킨이 울자, "이봐, 사기꾼 야옹이?" 하고 생쥐들이 대답했습니다.
"어이, 사기꾼 야옹이, 귀염둥이 집고양이."
런던의 상인들은 진홍색 옷을 입지요.
실크 칼라에 금색 단. 매우 기쁘게 상선을 향해 걸어가지요.

생쥐들은 시간을 지키기 위해 골무를 꼈습니다. 생쥐들이 부르는 노래는 심킨을 화나게 만들었죠. 심킨은 가게 문 앞에서 킁킁 냄새를 맡고 야옹야옹 울었습니다.

"그러곤 나는 핍킨과 팝킨을 사고, 슬립킨과 슬롭킨을 샀다네.
다해서 동전 한 푼밖에 들지 않았다네.
그리고 부엌 찬장에 두었지!"

무례한 생쥐가 덧붙였습니다.

"야옹! 크학! 크학!"

심킨이 창턱에서 몸부림치는 동안 생쥐들은 가게 안에서 벌떡 일어나 모두가 찍찍거리는 목소리를 한데 모아 외쳤습니다.

"실이 없어! 실이 없어!"

그리고는 덧문의 빗장을 치고 심킨이 못 들어오게 막았습니다.
그러나 여전히 덧문의 철창 틈사이로 골무 소리와 생쥐들의 노래 소리가 들렸습니다.

"실이 없네! 실이 없어!"

심킨은 생각에 잠긴 채 가게를 떠나 집으로 갔습니다. 집에 도착하니 가난하고 늙은 재단사는 열이 내려 편하게 잠을 자고 있었습니다.

그러자 심킨은 살금살금 걸어가 차 주전자에서 작은 비단 꾸러미를 꺼내 달빛에 비춰보며 착한 생쥐들에 비하면 자신이 얼마나 나쁜 동물인지 생각하며 부끄러워했습니다.

아침에 재단사가 눈을 뜨고 조각보 퀼트 위에서 처음 발견한 것은 체리색 비단실 한 타래였습니다. 그리고 침대 옆에는 반성하고 있는 심킨이 있었습니다.

"아아, 실타래를 풀 힘도 없구나. 하지만 나에게는 실이 있으니까!"
재단사는 말했습니다.

재단사가 일어나 옷을 입고 밖으로 나오자 심킨이 그 뒤를 따릅니다. 눈 위에는 햇살이 비추고 찌르레기가 굴뚝 위에서 지저귀고, 개똥지빠귀와 울새가 노래를 부르고 있습니다. 그러나 어젯밤처럼 큰 소리를 내지 않고 조그만 목소리로 노래를 불렀습니다.
아아, 내겐 실이 있지만 단춧구멍 하나 만들 힘도 시간도 없구나. 크리스마스 아침인데 말이야! 글로스터 시장님은 정오에 결혼을 하실 텐데 시장님의 체리색 코트는 언제 다 만들지?"
재단사가 웨스트게이트 거리에 있는 조그만 가게의 문을 열자 마치 뭔가 기대하고 있는 것처럼 심킨이 뛰어들어갔습니다.

하지만 가게에는 아무것도 없었습니다! 그야말로 쥐새끼 한 마리 보이지 않았습니다.

책상은 깨끗이 치워져 있었고, 작은 실 조각과 천 조각들이 모두 정리되어 있었으며, 바닥도 깨끗했습니다.

그런데 테이블 위를 보고 재단사가 소리쳤습니다.

"이럴 수가!"

재단사가 천 조각들을 올려두었던 테이블 위에는 시장님이 이제껏 한 번도 입어보지 못한 아름다운 코트와 새틴 자수 조끼가 놓여 있었습니다.

코트의 끝동에는 장미와 팬지가, 조끼에는 양귀비와 수레국화가 수 놓여 있었습니다.
체리색 단춧구멍 하나를 빼고는 모든 것이 완성되어 있었습니다.
단춧구멍 자리에는 아주 작은 글씨가 적힌 종이 쪽지가 핀에 꽂혀 있었습니다.
"실이 없음."
그때부터 글로스터의 재단사의 행운이 시작되어 살도 찌고 돈도 벌기 시작했습니다.

재단사는 글로스터의 부유한 상인들과 온 나라의 세련된 신사들을 위해 최고의 조끼를 만들었습니다.

그렇게 훌륭한 주름장식이나 자수가 놓인 소매와 단은 이제까지 단 한번도 본 적이 없었습니다! 그중에서도 단추 구멍은 단연 최고였지요.

단추 구멍의 바느질이 너무도 멋지고 근사해서 안경 낀 늙은이가 골무를 낀 휘어진 손가락으로 어떻게 그렇게 바느질을 할 수 있는지 신기할 정도였습니다.

단추 구멍 바늘땀이 너무 너무 작아서 마치 생쥐들이 옷을 지은 것 같았습니다.

낚시를 좋아하는 개구리 제레미 피셔는 어느 비오는 날 연못에서 낚시를 합니다. 한동안 허탕만 치던 그의 낚싯대에 뭔가 엄청난 것이 걸리죠. 그것은 바로 제레미보다 열 배도 더 몸집이 큰 무시무시한 송어입니다. 송어는 제레미 피셔를 한 입에 삼켜 버리는데, 그는 피노키오처럼 송어의 뱃속을 탈출할 수 있을까요?

Beatrix Potter

The Tale of Mr. Jeremy Fisher
제레미 피셔 이야기

옛날에 제레미 피셔라는 개구리가 연못 가장자리 마나리아재비 꽃들 사이에 있는 눅눅한 작은 집에서 살았습니다.

음식 창고며 피셔가 앉는 자리마다 질척질척 물바다가 되곤 했지요.
하지만 피셔는 발이 젖는 것을 무척이나 좋아했어요.
그런다고 뭐라 하는 사람도 없었고, 절대로 감기 따위에 걸리는 일이 없었으니까요.

제레미는 창문을 열고 굵은 빗방울이 연못에 투두둑 떨어지는 모습을 바라보는 걸 좋아했어요.
'벌레를 가지고 낚시를 가서 저녁거리로 피라미를 잡아야겠군.'

'다섯 마리 이상 잡으면 앨더만 프톨레미 거북이 아저씨와 아이작 뉴턴 경을 초대해야지. 앨더만 아저씨는 샐러드만 먹겠지만 말이야.'

제레미는 우비를 입고, 장화를 신고, 낚싯대와 바구니를 가지고 자신의 보트를 보관해 놓은 곳으로 폴짝 폴짝 뛰어갔어요.

보트는 초록색에 동글동글
한 연잎 모양이었어요. 배는
연못 한가운데 수초에 묶여
있었지요.

제레미는 기다란 갈대 줄기
로 보트를 밀며 넓은 곳으
로 갔습니다.
'피라미가 잘 잡히는 곳이
어딘지 내가 알지.'
제레미 피셔가 말했어요.

제레미는 진흙에 갈대 줄기를 박아 보트를 고정시켰습니다. 그러고는 양반다리를 하고 앉아서 낚시 도구를 꺼내 낚시를 준비했어요. 작고 빨간 찌는 제레미 피셔가 가장 좋아하는 도구였어요. 낚싯대는 단단한 풀줄기였고, 낚싯줄은 백마의 말총이었지요. 제레미는 꿈틀거리는 작은 벌레를 낚싯줄 끝에 묶었습니다.

제레미 피셔의 등으로
빗방울이 떨어졌고, 한 시간이
다 되도록 그는 멍하니 찌를
바라보고 있었어요.
'슬슬 지겨워지는데 점심이나 먹어야겠다.'

제레미 피셔는
다시 수초가 있는 곳으로 배를
타고 돌아가서 바구니에서 점심을 꺼냈어요.
'점심으로 나비 샌드위치를 먹고, 비가 그칠 때까지 기다려야겠어.'

엄청나게 커다란 물벌레가 연잎 아래에 나타나 장화를 신고 있는 발을 잡아당겼어요.
제레미는 꼰 다리를 살짝 들어 벌레를 피한 뒤 계속해서 샌드위치를 먹었지요.

연못 옆 쪽 풀숲에서 바스락거리고 첨벙거리는 소리와 함께 무언가 움직였어요.
'쥐는 아닌 거 같지만 그래도 서둘러 여기를 떠나는 게 좋겠어.'

제레미 피셔는 다시 보트를
밀어 조금 움직인 다음 미끼를
떨어뜨렸습니다.
그러나 뭔가가 곧바로 미끼를
물었고, 찌가 엄청 요란하게
까딱거렸지요.
"피라미다! 피라미! 겨우 잡았네!"

제레미 피셔가 소리치며
낚싯대를 끌어올렸어요.
세상에나! 제레미 피셔는
소스라치게 놀랐어요.
그가 잡아 올린 건 매끈하고
통통한 피라미가 아니라
온몸이 가시로 뒤덮인
잭 샤프라는 가시고기였거든요!

가시고기는 보트 위에서 펄떡거리며 거의 숨이 넘어갈 때까지 제레미를 찌르고 물다가 물속으로 뛰어들었어요.

이 광경을 목격한 다른 물고기 떼가 물 밖으로 고개를 내밀고는 제레미 피셔를 비웃었어요.

제레미 피셔가 참담한
심정으로 보트 끝에 앉아
아픈 손가락을 빨며 물 아래를
내려다보는 사이에 더 끔찍한
일이 일어났어요. 만약 그가
우비를 입고 있지 않았다면
정말 끔찍한 일이 벌어졌을 거예요.
'후두두둑! 철퍼덕!'

어마어마하게 크고 힘이 센
송어가 물보라를 일으키며
올라와서는 제레미 피셔를
덥석 물었던 거예요.
"악! 아야! 아야!"
그러고는 몸을 돌려 첨벙
하고 물속으로 뛰어들어 연못
바닥을 향해 헤엄쳐 내려갔
어요.

송어는 우비가 맛이 하나도
없어 기분이 언짢아졌어요.
그래서 바로 뱉어버렸지요.
하지만 장화는 그런대로 먹을
만했는지 꿀꺽 삼켰어요.

마치 탄산수 병에서
뚜껑과 거품이 터져 나오듯
제레미 피셔는 물 위로 펄쩍
튀어 올라 있는 힘껏 연못
가장자리를 향해 헤엄쳤어요.

제레미 피셔는 강둑으로 가까스로
기어 나와 너덜너덜해진 우비바람으로
풀밭을 가로질러 집을 향해 폴짝폴짝 뛰어갔어요.

'포악한 강꼬치고기가
아니었던 게 천만다행이었어!
비록 낚싯대랑 바구니는
잃어버렸지만 상관없어.
다시는 낚시 안 할 거니까!'
제레미 피셔가 혼잣말로 중얼거렸어요.

제레미 피셔는 손가락에 반창고를 붙였고, 친구들이 저녁을 먹으러 집으로 찾아왔어요. 제레미는 친구들에게 생선을 대접할 수는 없었지만 그의 창고에는 다른 음식들이 있었어요.

아이작 뉴턴 경은 검정색과 금색이 어우러진 조끼를 입고 있었고,

앨더만 프톨레미 거북 아저씨는
망태기에 샐러드를
잔뜩 담아 가지고 왔지요.

근사한 피라미 요리 대신 무당벌레 소스를 얹은 귀뚜라미 구이를 먹었어요. 제레미 피셔는 훌륭한 대접이라고 생각했겠지만 친구들에게는 아마 형편없는 음식이었을 거예요.

간절히 자신의 알을 품고 싶어 하는 제미마 퍼들 덕. 농장에서 주인의 방해로 뜻을 이루지 못합니다. 그녀는 알을 품을 조용하고 안전한 장소를 찾아 집을 나섭니다. 한참을 헤매다 어느 숲에 도착한 제미마. 거기서 친절한 신사를 만나 깃털이 가득한 창고를 은신처로 제공받는데……. 친절한 그 신사는 차츰 본색을 드러내고, 제미마 퍼들 덕은 위기에 빠집니다. 제미마는 이 위기에서 어떻게 벗어날 수 있을까요?

Beatrix Potter

The Tale of Jemima Puddle-Duck
제미마 퍼들 덕 이야기

암탉과 오리 새끼들이 함께 있는 꼴이라니!

주인 아주머니가 자신의 알을 품지 못하게 해서 짜증이 난 제미마 퍼들 덕의 이야기입니다.

제미마의 새언니 레베카 퍼들 덕은 부화지를 다른 사람에게 맡기고 떠나지 않을 이유가 전혀 없었습니다.
"나는 하루 종일 둥지에 앉아 있는 건 견딜 수가 없어. 너는 품을 알도 없잖아, 제미마. 넌 보나마나 알들이 차갑게 식어 가게 내버려 둘 거야. 네가 그럴 거라는 걸 너도 알지?"
"나는 내 알들을 부화시키고 싶어. 내 힘으로 부화시킬 거야."
제미마 퍼들 덕이 외쳤습니다.

제미마는 자기 알을 숨겼지만 농장 주인은 언제나 알을 귀신같이 찾아내서 가져가곤 했습니다.
제미마 퍼들 덕은 절망스러웠습니다. 그래서 그녀는 최대한 농장에서 먼 곳에 둥지를 만들기로 마음을 먹었습니다.

어느 화창한 봄날, 제미마는 집을 나섰고 산너머로 이어지는 울퉁불퉁한 길을 따라 걸어갔습니다.
그녀는 숄을 걸치고 챙이 넓은 모자를 썼습니다.

제미마가 언덕 꼭대기에 다다랐을 때 저 멀리 숲이 보였습니다.
안전하고 조용해 보이는 곳이었습니다.

제미마 퍼들 덕은 날아 본 적이 거의 없어서 숄을 휘날리며 내리막길을 신나게 달리다가 마침내 공중으로 날아올랐습니다.

제미마는 멋지게 날아올라 아름다운 비행을 했습니다. 나무들과 덤불이 시야에서 사라지고 숲 한가운데에 탁 트인 장소를 발견할 때까지 나무 위를 스치듯 날았습니다.

제미마는 조금 둔하게 착지했고, 뒤뚱거리며 둥지를 틀 만한 최대한 편안하고 습기가 없는 마른 자리를 찾아다녔습니다. 그녀는 키 큰 식물들 사이에 있는 나무 그루터기에 온통 마음이 끌렸습니다.

하지만 근사하게 옷을 입은 한 신사가 그루터기에 앉아 신문을 읽는 모습을 보고 제미마는 깜짝 놀랐습니다.

그 신사의 귀는 쫑긋 서 있고, 수염은 옅은 갈색이었습니다.

"꽥?"

제미마 퍼들 덕은 머리와 모자를 한 방향으로 기울이며 소리를 질렀습니다.

"꽥?"

그 신사는 신문에서 눈을 들어 신기한 듯 제미마를 쳐다보았습니다.
"부인, 길을 잃어버렸나요?"
신사는 복슬복슬한 꼬리를 갖고 있었습니다. 그루터기가 약간 축축해서 그는 꼬리를 깔고 앉아 있었습니다.
제미마는 그 신사가 잘 생긴 데다 무척 친절하다고 생각했습니다. 그녀는 길을 잃은 것이 아니라 둥지를 틀 편안하고 마른 자리를 찾고 있다고 이야기했습니다.

"아! 그러세요? 이런!"
그 신사는 갈색 수염을 움직이며 호기심에 찬 눈빛으로 제미마를 보며 말했습니다. 그는 신문을 접어 웃옷 뒷자락 주머니에 넣었습니다.
제미마는 쓸데없이 암탉에 대해 불만을 토로했습니다.
"이런! 정말 흥미롭군요! 제가 직접 그 닭을 만나 자기 일이나 신경 쓰라고 가르쳐 주고 싶네요!"

"하지만 둥지 문제는 아무 걱정하지 마세요. 제 장작 창고에 깃털이 한 자루 있어요. 부인에게 누구도 뭐라 하지 않을 테니 지내고 싶은 만큼 거기서 편히 지내다 가세요."
복슬복슬한 꼬리가 달린 신사가 말했습니다.
신사는 키가 높은 식물들 사이에 있는 후미지고 음산해 보이는 집으로 안내했습니다.
집은 나무와 잔디로 지어졌고, 굴뚝 위치에 부서진 통이 두 개 쌓여 있었습니다.

"저는 여름에만 여기서 지내는데, 따로 겨울에 지낼 집을 찾지 않아도 될 만큼 아주 편안한 곳이랍니다."
친절한 신사가 말했습니다.
집 뒤에는 낡은 비누 상자로 만든 다 허물어져 가는 헛간이 있었습니다.
신사는 문을 열고 제미마를 그 안으로 안내했습니다.

헛간은 아주 조용했고, 숨이 막힐 만큼 많은 깃털로 가득 차 있었습니다. 하지만 아주 부드럽고 편안했지요.
제미마 퍼들 덕은 어마어마한 양의 깃털을 보고 깜짝 놀랐습니다. 하지만 너무 편해서 아무 거부감 없이 그곳에 둥지를 틀었지요.

제미마가 나왔을 때 갈색 수염의 그 신사는 통나무에 앉아 신문을 읽고 있었습니다. 아니, 사실 신문을 펼치고는 있었지만 전혀 읽고 있진 않았어요. 그저 그는 신문지 너머를 유심히 관찰하고 있었지요.

그는 아주 예의가 밝아서 제미마가 밤에 집으로 돌아가는 걸 안타까워하는 것 같았어요. 그는 제미마가 다음 날 다시 돌아올 때까지 둥지를 잘 돌봐주겠다고 약속했습니다.

그 신사는 자신이 알과 새끼오리들을 너무 사랑하기 때문에 자신의 장작 창고에 알이 가득한 훌륭한 새 둥우리가 있는 걸 자랑스럽게 여긴다고 말하기도 했습니다.

제미마 퍼들 덕은 매일 오후에 창고에 왔습니다. 그녀는 모두 아홉 개의 알을 낳았습니다. 알들은 푸르스름한 빛이 도는 흰색에 아주 컸습니다. 여우 신사는 입에 침이 마르도록 알들을 칭찬했습니다. 그는 제미마가 없는 동안 알을 뒤집으며 세어 보았어요. 제미마는 내일부터 계속 알을 품고 있을 거라고 신사에게 말했습니다.

"옥수수를 한 자루 가져와서 알들이 부화할 때까지 둥지를 떠나지 않을 거예요. 자칫 알들이 감기에 걸릴지도 모르니까요."
성실한 제미마가 말했습니다.

"부인, 옥수수 자루를 직접 들고 오는 수고를 하지 않으셨으면 좋겠네요. 제가 귀리를 드릴게요. 지루한 알 품기를 시작하기 전에 제가 뭔가 좋은 걸 대접해 드리고 싶은데요. 뭐가 좋을까? 그렇지! 우리 둘이서 디너 파티를 합시다!"
"짭조름한 오믈렛을 만들려고 하는데, 농장 정원에서 허브를 좀 가져오실 수 있나요? 세이지와 타임, 민트와 양파 두 개, 그리고 파슬리 조금이면 됩니다. 오믈렛 재료로는 돼지기름을 쓸 거예요." 갈색 수염을 멋지게 기른 신사가 말했습니다.

제미마 퍼들 덕은 완전 숙맥이었어요. 그녀는 세이지와 양파라는 소리를 듣고도 아무런 의심을 하지 않았습니다.

제미마는 농장 정원을 두루 돌며 오리 구이 속에 넣을 여러 가지 허브들을 조금씩 뜯었습니다.

그러고는 뒤뚱거리며 부엌으로 들어가 바구니에서 양파를 두 개 꺼냈습니다.
그런 다음 밖으로 나오는 길에 양을 치는 개 켑과 마주쳤습니다.
"양파는 어디에 쓰려고? 매일 오후에 혼자서 어딜 가는 거야, 제미마 퍼들 덕?"
제미마는 평소 켑을 존경했기 때문에 그동안에 있었던 일을 모두 이야기해 주었습니다.
똑똑한 켑은 그 이야기를 듣고, 제미마가 갈색 수염을 멋지게 기른 친절한 신사의 외모를 설명할 때 빙긋 웃었습니다.

켑은 숲과 신사가 사는 집과 장작 창고에 대해 몇 가지를 더 물어보았습니다.
그러고는 밖으로 나가 마을로 뛰어갔습니다. 켑은 정육점 주인을 따라 산책을 나온 여우 사냥 전문 개 폭스하운드를 찾아갔습니다.

화창한 오후, 제미마 퍼들 덕은 마지막으로 울퉁불퉁한 길을 걸어 올라갔습니다. 허브 다발과 양파가 두 개나 든 가방을 들고 있어 상당히 무거웠지요.
제미마는 훨훨 날아서 숲을 지난 다음 복슬복슬한 긴 꼬리 신사의 집 건너편에 내려앉았습니다.

여우 신사는 통나무에 앉아 있었습니다. 단서를 잡으려는 듯 안절부절못하며 숲속 주변을 살피고 있었습니다. 제미마가 내려앉자 그는 벌떡 일어났습니다.
"알들을 살펴보고 얼른 집으로 오세요. 오믈렛을 만들 허브는 제게 주시고요. 얼른 오세요!"
신사는 평소답지 않게 조금 허둥거렸습니다. 제미마 퍼들 덕은 이제까지 그 신사가 그렇게 말하는 걸 들어본 적이 없었습니다. 그래서 그녀는 속으로 조금 놀랐고, 왠지 기분이 꺼림칙했습니다.

제미마가 안에 있는 동안 창고 뒤쪽에서 발소리가 들렸습니다. 까만 코의 누군가가 문 아래로 냄새를 맡더니 문을 잠가 버렸습니다.
그녀는 깜짝 놀라 어쩔 줄을 몰랐습니다.

잠시 후 끔찍한 소리가 들렸습니다. 짖는 소리, 으르렁거리는 소리, 울부짖는 소리, 비명 소리에 신음소리도 들렸지요.
이후 수염 난 여우 신사를 다시는 볼 수 없었습니다.
얼마 지나지 않아 켑이 창고 문을 열어 주었고, 제미마는 밖으로 나왔습니다.

유감스럽게도 개들은 켑이 말리기도 전에 창고 안으로 뛰어들어가 알들을 모조리 먹어 치워 버렸습니다.

켑은 귀를 물렸고, 폭스하운드 개들도 다리를 절뚝거렸습니다.

제미마 퍼들 덕은 개들의 호위를 받으며 집으로 돌아왔습니다.
제미마는 잃어버린 알들을 생각하며 눈물을 흘렸습니다.

제미마는 6월 말께가 되어서야 비로소 자신의 알들을 품을 수 있었습니다. 하지만 그중 네 마리만 부화했지요.
제미마 퍼들 덕은 긴장했기 때문이라고 말했지만, 사실 그녀는 항상 형편없는 보모였습니다.

Beatrix Potter

The Original Text

The Tale of Peter Rabbit / The Tale of Benjamin Bunny

The Story of a Fierce Bad Rabbi / The Story of Miss Moppet

The Tale of Tom Kitten / The Tale of Ginger & Pickles

The Tale of the Pie and the Patty Pan

The Tale of Samuel Whiskers or The Roly Poly Pudding

The Tailor of Gloucester / The tale of Mr. Jeremy Fisher

The tale of Jemima Puddle-Duck

The Tale of Peter Rabbit
피터 래빗 이야기

Once upon a time there were four little Rabbits, and their names were —

Flopsy, Mopsy, Cotton-tail, and Peter.

They lived with their Mother in a sand-bank, underneath the root of a very big fir-tree.

"Now my dears," said old Mrs. Rabbit one morning, "you may go into the fields or down the lane, but don't go into Mr. McGregor's garden: your Father had an accident there; he was put in a pie by Mrs. McGregor."
"Now run along, and don't get into mischief. I am going out."
Then old Mrs. Rabbit took a basket and her umbrella, and went through the wood to the baker's. She bought a loaf of brown bread and five currant buns.

Flopsy, Mopsy, and Cotton-tail, who were good little bunnies, went down the lane to gather blackberries:

But Peter, who was very naughty, ran straight away to Mr. McGregor's garden, and squeezed under the gate!
First he ate some lettuces and some French beans; and then he ate some radishes;
And then, feeling rather sick, he went to look for some parsley.
But round the end of a cucumber frame, whom should he meet but Mr. McGregor!
Mr. McGregor was on his hands and knees planting out young cabbages, but he jumped up and ran after Peter, waving a rake and calling out, "Stop thief!"

Peter was most dreadfully frightened; he rushed all over the garden, for he had forgotten the way back to the gate. He lost one of his shoes among the cabbages, and the other shoe amongst the potatoes.

After losing them, he ran on four legs and went faster, so that I think he might have got away altogether if he had not unfortunately run into a gooseberry net, and got caught by the large buttons on his jacket. It was a blue jacket with brass buttons, quite new.

Peter gave himself up for lost, and shed big tears; but his sobs were overheard by some friendly sparrows, who flew to him in great excitement, and implored him to exert himself.

Mr. McGregor came up with a sieve, which he intended to pop upon the top of Peter; but Peter wriggled out just in time, leaving his jacket behind him.

And rushed into the tool-shed, and jumped into a can. It would have been a beautiful thing to hide in, if it had not had so much water in it.

Mr. McGregor was quite sure that Peter was somewhere in the tool-shed, perhaps hidden underneath a flower-pot. He began to turn them over carefully, looking under each.
Presently Peter sneezed? "Kertyschoo!" Mr. McGregor was after him in no time.

And tried to put his foot upon Peter, who jumped out of a window, upsetting three plants. The window was too small for Mr. McGregor, and he was tired of running after Peter. He went back to his work.

Peter sat down to rest; he was out of breath and trembling with fright, and he had not the least idea which way to go. Also he was very damp with sitting in that can. After a time he began to wander about, going lippity — lippity — not very fast, and looking all round.

He found a door in a wall; but it was locked, and there was no room for a fat little rabbit to squeeze underneath. An old mouse was running in and out over the stone doorstep, carrying peas and beans to her family in the wood. Peter asked her the way to the gate, but she had such a large pea in her mouth that she could not answer. She only shook her head at him. Peter began to cry.

Then he tried to find his way straight across the garden, but he became more and more puzzled. Presently, he came to a pond where Mr. McGregor filled his water-cans. A white cat was staring at some gold-fish, she sat very, very still, but now and then the tip of her tail twitched as if it were alive. Peter thought it best to go away without speaking to her; he had heard about cats from his cousin, little Benjamin Bunny.

He went back towards the tool-shed, but suddenly, quite close to him, he heard the noise of a hoe — scr-r-ritch, scratch, scratch, scritch. Peter scuttered underneath the bushes. But presently, as nothing happened, he came out, and climbed upon a wheelbarrow and peeped over. The first thing he saw was Mr. McGregor hoeing onions. His back was turned towards Peter, and beyond him was the gate!

Peter got down very quietly off the wheelbarrow; and started running as fast as he could go, along a straight walk behind some black-currant bushes.
Mr. McGregor caught sight of him at the corner, but Peter did not care. He slipped underneath the gate, and was safe at last in the wood outside the garden.

Mr. McGregor hung up the little jacket and the shoes for a scare-crow to frighten the blackbirds.
Peter never stopped running or looked behind him till he got home to the big fir-tree.

He was so tired that he flopped down upon the nice soft sand on the floor of the rabbit-hole and shut his eyes. His mother was busy cooking; she wondered what he had done with his clothes. It was the second little jacket and pair of shoes that Peter had lost in a fortnight!

I am sorry to say that Peter was not very well during the evening.

His mother put him to bed, and made some camomile tea; and she gave a dose of it to Peter!

"One table-spoonful to be taken at bed-time."

But Flopsy, Mopsy, and Cotton-tail had bread and milk and blackberries for supper.

The Tale Of Benjamin Bunny
토끼 벤저민 이야기

FOR THE CHILDREN OF SAWREY

FROM. OLD MR. BUNNY

One morning a little rabbit sat on a bank.
He pricked his ears and listened to the trit-trot, trit-trot of a pony.
A gig was coming along the road; it was driven by Mr. McGregor, and beside him sat Mrs. McGregor in her best bonnet.

As soon as they had passed, little Benjamin Bunny slid down into the road, and set off-with a hop, skip, and a jump-to call upon his relations, who lived in the wood at the back of Mr. McGregor's garden.

That wood was full of rabbit holes; and in the neatest,

sandiest hole of all lived Benjamin's aunt and his cousins–
Flopsy, Mopsy, Cotton-tail, and Peter.

Old Mrs. Rabbit was a widow; she earned her living by knitting rabbit-wool mittens and muffatees(I once bought a pair at a bazaar). She also sold herbs, and rosemary tea, and rabbit-tobacco(which is what we call lavender).

Little Benjamin did not very much want to see his Aunt. He came round the back of the fir-tree, and nearly tumbled upon the top of his Cousin Peter.

Peter was sitting by himself. He looked poorly, and was dressed in a red cotton pocket-handkerchief.

"Peter," said little Benjamin, in a whisper, "who has got your clothes?"

Peter replied, "The scarecrow in Mr. McGregor's garden," and described how he had been chased about the garden, and had dropped his shoes and coat.

Little Benjamin sat down beside his cousin and assured him that Mr. McGregor had gone out in a gig, and Mrs. McGregor also; and certainly for the day, because she was wearing her best bonnet.

Peter said he hoped that it would rain.
At this point old Mrs. Rabbit's voice was heard inside the rabbit hole, calling: "Cotton-tail! Cotton-tail! fetch some more camomile!"

Peter said he thought he might feel better if he went for a walk.

They went away hand in hand, and got upon the flat top of the wall at the bottom of the wood. From here they looked down into Mr. McGregor's garden. Peter's coat and shoes were plainly to be seen upon the scarecrow, topped with an old tam-o'-shanter of Mr. McGregor's.

Little Benjamin said: "It spoils people's clothes to squeeze under a gate; the proper way to get in is to climb down a pear-tree."

Peter fell down head first; but it was of no consequence, as the bed below was newly raked and quite soft.

It had been sown with lettuces.
They left a great many odd little footmarks all over the bed, especially little Benjamin, who was wearing clogs.
Little Benjamin said that the first thing to be done was to

get back Peter's clothes, in order that they might be able to use the pocket-handkerchief.

They took them off the scarecrow. There had been rain during the night; there was water in the shoes, and the coat was somewhat shrunk.
Benjamin tried on the tam-o'-shanter, but it was too big for him.

Then he suggested that they should fill the pocket-handkerchief with onions, as a little present for his Aunt.
Peter did not seem to be enjoying himself; he kept hearing noises.

Benjamin, on the contrary, was perfectly at home, and ate a lettuce leaf. He said that he was in the habit of coming to the garden with his father to get lettuces for their Sunday dinner.
(The name of little Benjamin's papa was old Mr. Benjamin Bunny.)

The lettuces certainly were very fine.
Peter did not eat anything; he said he should like to go home. Presently he dropped half the onions.
Little Benjamin said that it was not possible to get back

up the pear-tree with a load of vegetables. He led the way boldly towards the other end of the garden. They went along a little walk on planks, under a sunny, red brick wall.

The mice sat on their doorsteps cracking cherry-stones; they winked at Peter Rabbit and little Benjamin Bunny.

Presently Peter let the pocket-handkerchief go again.

They got amongst flower-pots, and frames, and tubs. Peter heard noises worse than ever; his eyes were as big as lolly-pops!

He was a step or two in front of his cousin when he suddenly stopped.

This is what those little rabbits saw round that corner! Little Benjamin took one look, and then, in half a minute less than no time, he hid himself and Peter and the onions underneath a large basket······.

The cat got up and stretched herself, and came and sniffed at the basket.
Perhaps she liked the smell of onions!

Anyway, she sat down upon the top of the basket.

She sat there for five hours.
I cannot draw you a picture of Peter and Benjamin underneath the basket, because it was quite dark, and because the smell of onions was fearful; it made Peter Rabbit and little Benjamin cry.

The sun got round behind the wood, and it was quite late in the afternoon; but still the cat sat upon the basket.

At length there was a pitter-patter, pitter-patter, and some bits of mortar fell from the wall above.
The cat looked up and saw old Mr. Benjamin Bunny prancing along the top of the wall of the upper terrace.
He was smoking a pipe of rabbit-tobacco, and had a little switch in his hand.
He was looking for his son.

Old Mr. Bunny had no opinion whatever of cats.
He took a tremendous jump off the top of the wall on to the top of the cat, and cuffed it off the basket, and kicked it into the greenhouse, scratching off a handful of fur.

The cat was too much surprised to scratch back.

When old Mr. Bunny had driven the cat into the greenhouse, he locked the door.
Then he came back to the basket and took out his son Benjamin by the ears, and whipped him with the little switch.
Then he took out his nephew Peter.
Then he took out the handkerchief of onions, and marched out of the garden.

When Mr. McGregor returned about half an hour later he observed several things which perplexed him.
It looked as though some person had been walking all over the garden in a pair of clogs?only the footmarks were too ridiculously little!

Also he could not understand how the cat could have managed to shut herself up inside the greenhouse, locking the door upon the outside.
When Peter got home his mother forgave him, because she was so glad to see that he had found his shoes and coat. Cotton-tail and Peter folded up the pocket-handkerchief, and old Mrs. Rabbit strung up the onions and hung them from the kitchen ceiling, with the bunches of herbs and the rabbit-tobacco.

The Story of a Fierce Bad Rabbit
사납고 고약한 토끼 이야기

THIS is a fierce bad Rabbit; look at his savage whiskers, and his claws and his turned-up tail.

THIS is a nice gentle Rabbit. His mother has given him a carrot.

THE bad Rabbit would like some carrot.

He doesn't say "Please." He takes it!

AND he scratches the good Rabbit very badly.

THE good Rabbit creeps away, and hides in a hole. It feels sad.

THIS is a man with a gun.

HE sees something sitting on a bench. He thinks it is a very funny bird!

HE comes creeping up behind the trees.

AND then he shoots — Bang!

THIS is what happens?

BUT this is all he finds on the bench, when he rushes up with his gun.

THE good Rabbit peeps out of its hole,

AND it sees the bad Rabbit tearing past — without any tail or whiskers!

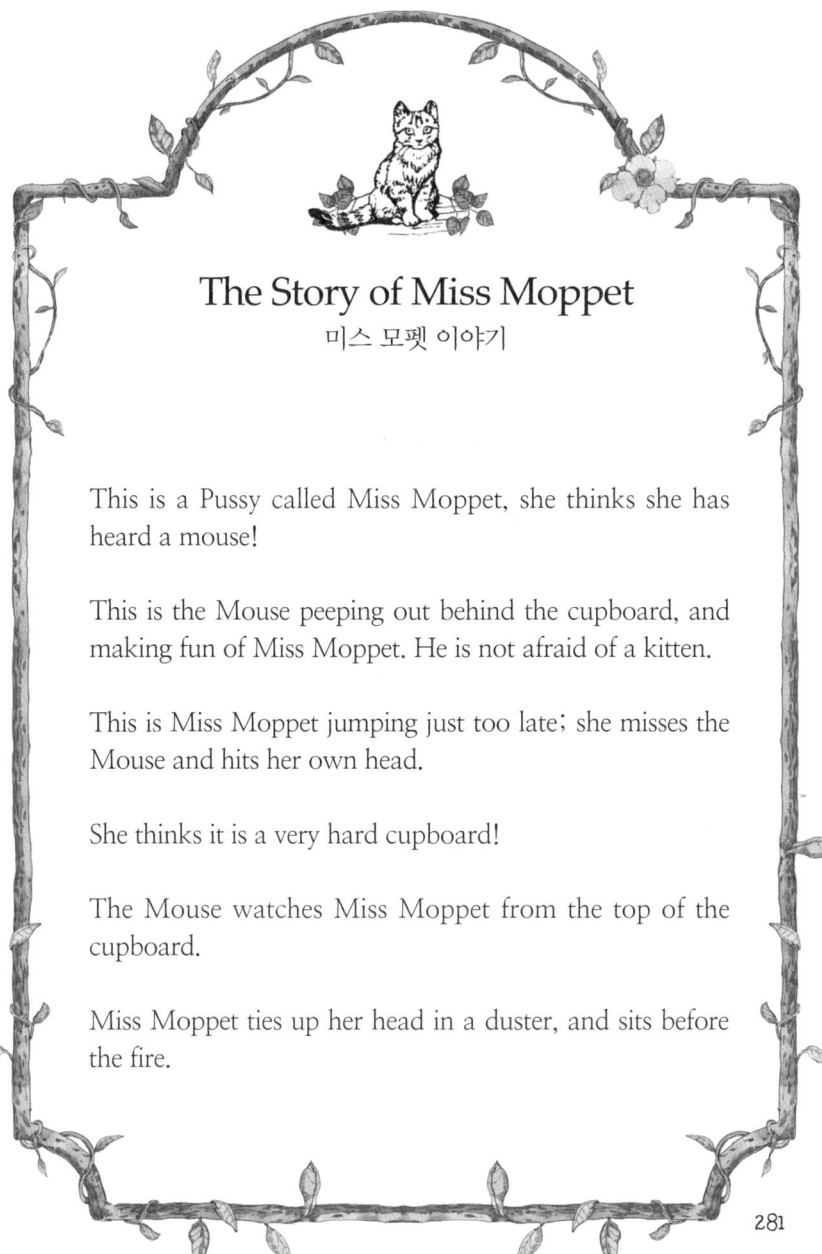

The Story of Miss Moppet
미스 모펫 이야기

This is a Pussy called Miss Moppet, she thinks she has heard a mouse!

This is the Mouse peeping out behind the cupboard, and making fun of Miss Moppet. He is not afraid of a kitten.

This is Miss Moppet jumping just too late; she misses the Mouse and hits her own head.

She thinks it is a very hard cupboard!

The Mouse watches Miss Moppet from the top of the cupboard.

Miss Moppet ties up her head in a duster, and sits before the fire.

The Mouse thinks she is looking very ill. He comes sliding down the bell-pull.

Miss Moppet looks worse and worse. The Mouse comes a little nearer.

Miss Moppet holds her poor head in her paws, and looks at him through a hole in the duster. The Mouse comes very close.

And then all of a sudden—Miss Moppet jumps upon the Mouse!

And because the Mouse has teased Miss Moppet—Miss Moppet thinks she will tease the Mouse; which is not at all nice of Miss Moppet.

She ties him up in the duster, and tosses it about like a ball.

But she forgot about that hole in the duster; and when she untied it—there was no Mouse!

He has wriggled out and run away; and he is dancing a jig on the top of the cupboard!

The Tale of Tom Kitten
톰 키튼 이야기

Once upon a time there were three little kittens, and their names were Mittens, Tom Kitten, and Moppet.
They had dear little fur coats of their own; and they tumbled about the doorstep and played in the dust.

But one day their mother—Mrs. Tabitha Twitchit—expected friends to tea; so she fetched the kittens indoors, to wash and dress them, before the fine company arrived.

First she scrubbed their faces(this one is Moppet).

Then she brushed their fur,(this one is Mittens).

Then she combed their tails and whiskers(this is Tom Kitten). Tom was very naughty, and he scratched.

Mrs. Tabitha dressed Moppet and Mittens in clean

pinafores and tuckers; and then she took all sorts of elegant uncomfortable clothes out of a chest of drawers, in order to dress up her son Thomas.

Tom Kitten was very fat, and he had grown; several buttons burst off. His mother sewed them on again.

When the three kittens were ready, Mrs. Tabitha unwisely turned them out into the garden, to be out of the way while she made hot buttered toast.
"Now keep your frocks clean, children! You must walk on your hind legs. Keep away from the dirty ash-pit, and from Sally Henny Penny, and from the pig-stye and the Puddle-Ducks."

Moppet and Mittens walked down the garden path unsteadily. Presently they trod upon their pinafores and fell on their noses.
When they stood up there were several green smears!
"Let us climb up the rockery, and sit on the garden wall," said Moppet.
They turned their pinafores back to front, and went up with a skip and a jump; Moppet's white tucker fell down into the road.

They turned their pinafores back to front, and went up with a skip and a jump; Moppet's white tucker fell down into the road.

Tom Kitten was quite unable to jump when walking upon his hind legs in trousers. He came up the rockery by degrees, breaking the ferns, and shedding buttons right and left.

He was all in pieces when he reached the top of the wall. Moppet and Mittens tried to pull him together; his hat fell off, and the rest of his buttons burst.

While they were in difficulties, there was a pit pat paddle pat! and the three Puddle-Ducks came along the hard high road, marching one behind the other and doing the goose step—pit pat paddle pat! pit pat waddle pat!

They stopped and stood in a row, and stared up at the kittens. They had very small eyes and looked surprised.

Then the two duck-birds, Rebeccah and Jemima Puddle-Duck, picked up the hat and tucker and put them on.

Mittens laughed so that she fell off the wall. Moppet and

Tom descended after her; the pinafores and all the rest of Tom's clothes came off on the way down.
"Come! Mr. Drake Puddle-Duck," said Moppet— "Come and help us to dress him! Come and button up Tom!"

Mr. Drake Puddle-Duck advanced in a slow sideways manner, and picked up the various articles.

But he put them on himself! They fitted him even worse than Tom Kitten.
"It's a very fine morning!" said Mr. Drake Puddle-Duck.

And he and Jemima and Rebeccah Puddle-Duck set off up the road, keeping step—pit pat, paddle pat! pit pat, waddle pat!

Then Tabitha Twitchit came down the garden and found her kittens on the wall with no clothes on.

She pulled them off the wall, smacked them, and took them back to the house.
"My friends will arrive in a minute, and you are not fit to be seen; I am affronted," said Mrs. Tabitha Twitchit.

She sent them upstairs; and I am sorry to say she told her

friends that they were in bed with the measles; which was not true.

Quite the contrary; they were not in bed: not in the least. Somehow there were very extraordinary noises overhead, which disturbed the dignity and repose of the tea party.

And I think that some day I shall have to make another, larger, book, to tell you more about Tom Kitten!

As for the Puddle-Ducks—they went into a pond.
The clothes all came off directly, because there were no buttons.

And Mr. Drake Puddle-Duck, and Jemima and Rebeccah, have been looking for them ever since.

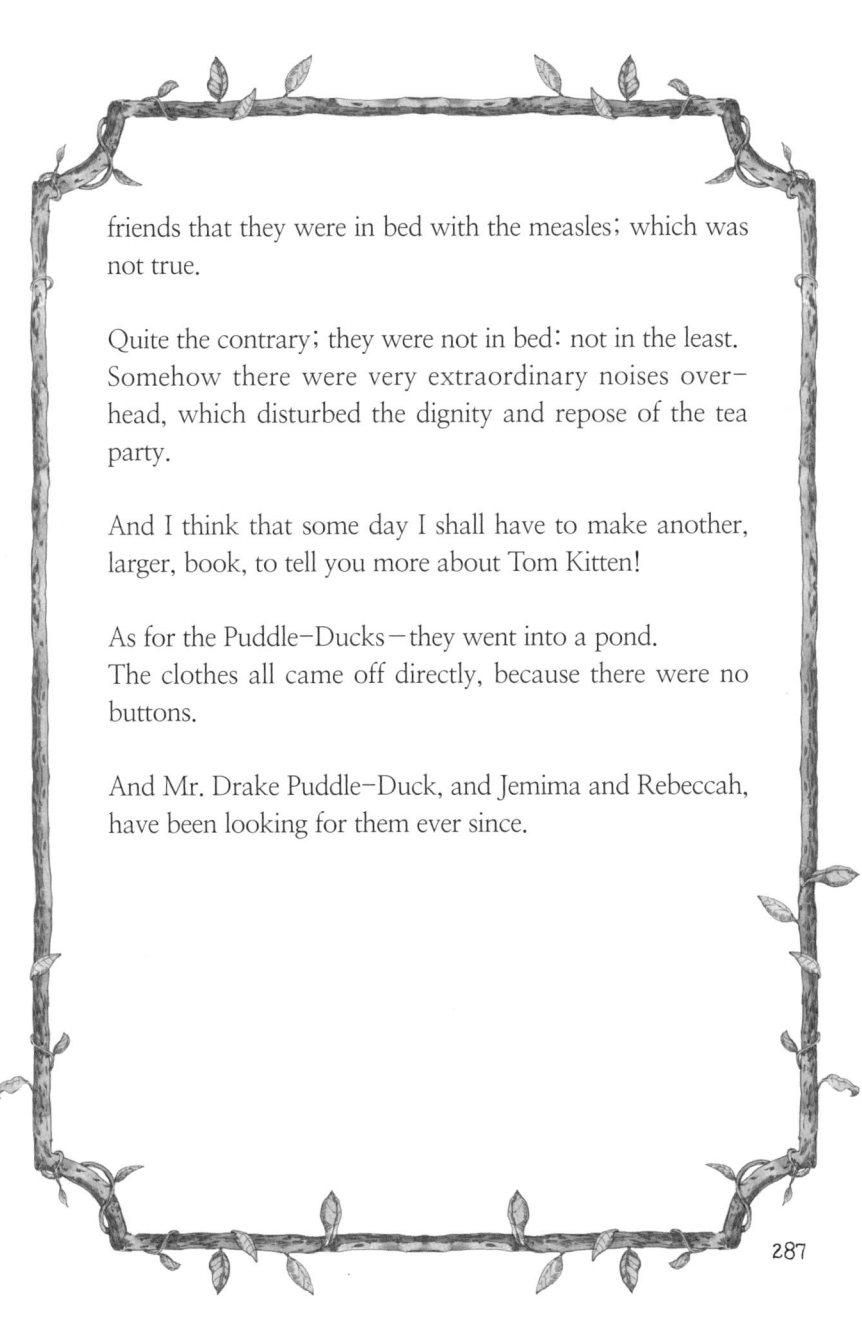

The Tale of Ginger & Pickles
진저와 피클스 이야기

Once upon a time there was a village shop. The name over the window was "Ginger and Pickles."
It was a little small shop just the right size for Dolls — Lucinda and Jane Doll-cook always bought their groceries at Ginger and Pickles.

The counter inside was a convenient height for rabbits. Ginger and Pickles sold red spotty pocket-handkerchiefs at a penny three farthings.

They also sold sugar, and snuff and galoshes.
In fact, although it was such a small shop it sold nearly everything — except a few things that you want in a hurry — like bootlaces, hair-pins and mutton chops.
Ginger and Pickles were the people who kept the shop.
Ginger was a yellow tom-cat, and Pickles was a terrier.
The rabbits were always a little bit afraid of Pickles.

The shop was also patronized by mice—only the mice were rather afraid of Ginger.

Ginger usually requested Pickles to serve them, because he said it made his mouth water.

"I cannot bear," said he, "to see them going out at the door carrying their little parcels."

"I have the same feeling about rats," replied Pickles, "but it would never do to eat our own customers; they would leave us and go to Tabitha Twitchit's."

"On the contrary, they would go nowhere," replied Ginger gloomily.

(Tabitha Twitchit kept the only other shop in the village. She did not give credit.)

Ginger and Pickles gave unlimited credit.

Now the meaning of 'credit' is this?when a customer buys a bar of soap, instead of the customer pulling out a purse and paying for it?she says she will pay another time.

And Pickles makes a low bow and says, "With pleasure, madam," and it is written down in a book.

The customers come again and again, and buy quantities, in spite of being afraid of Ginger and Pickles.

But there is no money in what is called the 'till.'

The customers came in crowds every day and bought quantities, especially the toffee customers. But there was always no money; they never paid for as much as a pennyworth of peppermints.

But the sales were enormous, ten times as large as Tabitha Twitchit's.

As there was always no money, Ginger and Pickles were obliged to eat their own goods.
Pickles ate biscuits and Ginger ate a dried haddock.
They ate them by candle-light after the shop was closed.

When it came to Jan. 1st there was still no money, and Pickles was unable to buy a dog licence.
"It is very unpleasant, I am afraid of the police," said Pickles.
"It is your own fault for being a terrier; I do not require a licence, and neither does Kep, the Collie dog."
"It is very uncomfortable, I am afraid I shall be summoned. I have tried in vain to get a licence upon credit at the Post Office;" said Pickles. "The place is full of policemen. I met one as I was coming home."
"Let us send in the bill again to Samuel Whiskers, Ginger, he owes 22/9 for bacon."

"I do not believe that he intends to pay at all," replied Ginger.

"And I feel sure that Anna Maria pockets things—Where are all the cream crackers?"

"You have eaten them yourself," replied Ginger.

Ginger and Pickles retired into the back parlour.
They did accounts. They added up sums and sums, and sums.

"Samuel Whiskers has run up a bill as long as his tail; he has had an ounce and three-quarters of snuff since October."

"What is seven pounds of butter at 1/3, and a stick of sealing wax and four matches?"

"Send in all the bills again to everybody 'with compts,'—replied Ginger.

After a time they heard a noise in the shop, as if something had been pushed in at the door. They came out of the back parlour. There was an envelope lying on the counter, and a policeman writing in a note-book!

Pickles nearly had a fit, he barked and he barked and made little rushes.

"Bite him, Pickles! bite him!" spluttered Ginger behind a sugar-barrel, "he's only a German doll!"

The policeman went on writing in his notebook; twice he put his pencil in his mouth, and once he dipped it in the treacle.

Pickles barked till he was hoarse. But still the policeman took no notice. He had bead eyes, and his helmet was sewed on with stitches.

At length on his last little rush—Pickles found that the shop was empty. The policeman had disappeared.

But the envelope remained.

"Do you think that he has gone to fetch a real live policeman? I am afraid it is a summons," said Pickles.

"No," replied Ginger, who had opened the envelope, "it is the rates and taxes, −3 19 11−3/4."

"This is the last straw," said Pickles, "let us close the shop."

They put up the shutters, and left. But they have not removed from the neighbourhood. In fact some people wish they had gone further.

Ginger is living in the warren. I do not know what occupation he pursues; he looks stout and comfortable.

Pickles is at present a gamekeeper.

The closing of the shop caused great inconvenience. Tabitha Twitchit immediately raised the price of everything a half-penny; and she continued to refuse to give credit.
Of course there are the tradesmen's carts?the butcher, the fish-man and Timothy Baker.
But a person cannot live on "seed wigs" and sponge-cake and butter-buns—not even when the sponge-cake is as good as Timothy's!

After a time Mr. John Dormouse and his daughter began to sell peppermints and candles.
But they did not keep "self-fitting sixes"; and it takes five mice to carry one seven inch candle.

Besides—the candles which they sell behave very strangely in warm weather.
And Miss Dormouse refused to take back the ends when they were brought back to her with complaints.
And when Mr. John Dormouse was complained to, he stayed in bed, and would say nothing but "very snug;" which is not the way to carry on a retail business.

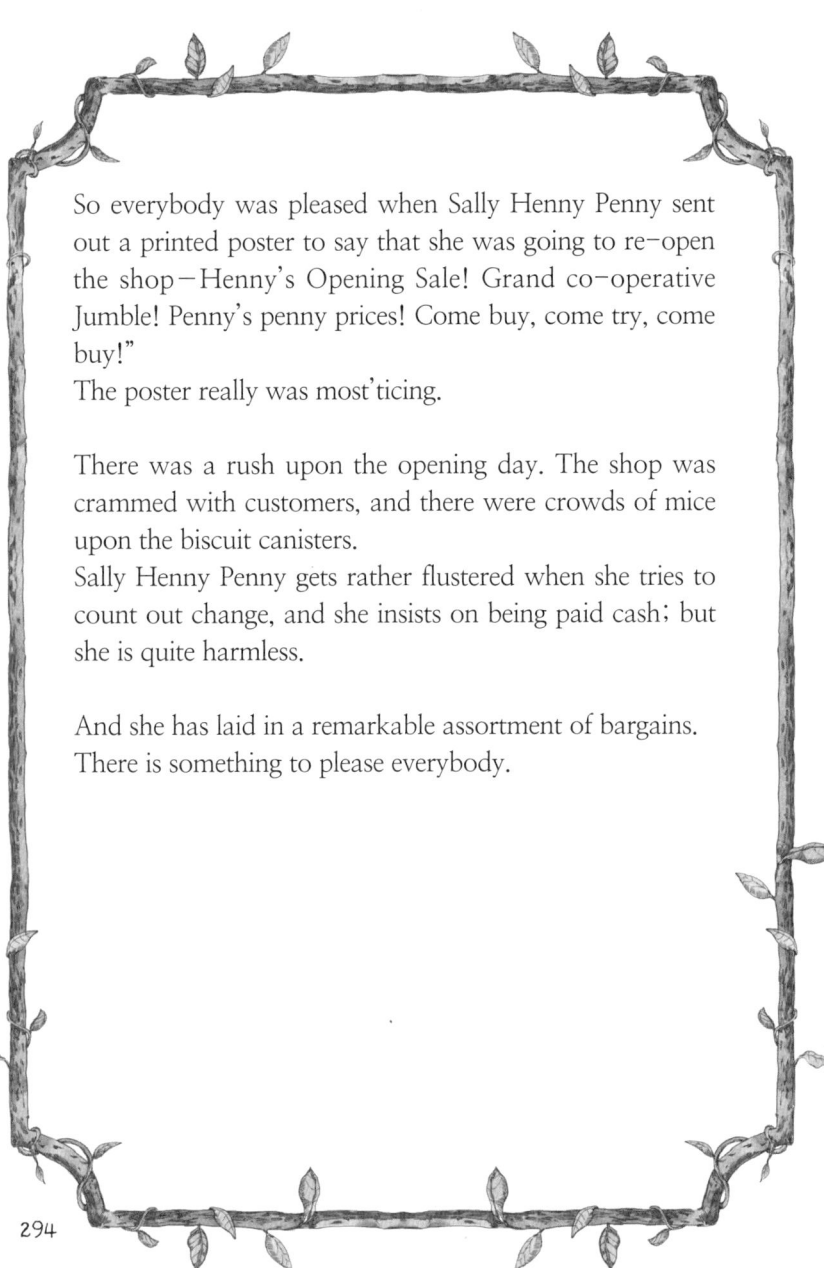

So everybody was pleased when Sally Henny Penny sent out a printed poster to say that she was going to re-open the shop—Henny's Opening Sale! Grand co-operative Jumble! Penny's penny prices! Come buy, come try, come buy!"

The poster really was most'ticing.

There was a rush upon the opening day. The shop was crammed with customers, and there were crowds of mice upon the biscuit canisters.

Sally Henny Penny gets rather flustered when she tries to count out change, and she insists on being paid cash; but she is quite harmless.

And she has laid in a remarkable assortment of bargains. There is something to please everybody.

The Tale of the Pie and the Patty Pan
파이와 패티 팬 이야기

Pussy-cat sits by the fire—how should she be fair?
In walks the little dog—says "Pussy are you there?
How do you do Mistress Pussy? Mistress Pussy, how do you do?"
"I thank you kindly, little dog. I fare as well as you!"

Old Rhyme.

Once upon a time there was a Pussy-cat called Ribby, who invited a little dog called Duchess, to tea.
"Come in good time, my dear Duchess," said Ribby's letter, "and we will have something so very nice. I am baking it in a pie-dish—a pie-dish with a pink rim. You never tasted anything so good! And you shall eat it all! I will eat muffins, my dear Duchess!" wrote Ribby.
Duchess read the letter and wrote an answer:—"I will come with much pleasure at a quarter past four. But it

is very strange. I was just going to invite you to come here, to supper, my dear Ribby, to eat something most delicious.

"I will come very punctually, my dear Ribby," wrote Duchess; and then at the end she added—"I hope it isn't mouse?"

And then she thought that did not look quite polite; so she scratched out "isn't mouse" and changed it to "I hope it will be fine," and she gave her letter to the postman.
But she thought a great deal about Ribby's pie, and she read Ribby's letter over and over again.

"I am dreadfully afraid it will be mouse!" said Duchess to herself? "I really couldn't, couldn't eat mouse pie. And I shall have to eat it, because it is a party. And my pie was going to be veal and ham. A pink and white pie-dish! and so is mine; just like Ribby's dishes; they were both bought at Tabitha Twitchit's."

Duchess went into her larder and took the pie off a shelf and looked at it.

"It is all ready to put into the oven. Such lovely pie-crust; and I put in a little tin patty-pan to hold up the crust; and I made a hole in the middle with a fork to let out the steam—Oh I do wish I could eat my own pie, instead of a pie made of mouse!"

Duchess considered and considered and read Ribby's letter again?

"A pink and white pie-dish—and you shall eat it all. 'You' means me—then Ribby is not going to even taste the pie herself? A pink and white pie-dish! Ribby is sure to go out to buy the muffins……. Oh what a good idea! Why shouldn't I rush along and put my pie into Ribby's oven when Ribby isn't there?"

Duchess was quite delighted with her own cleverness! Ribby in the meantime had received Duchess's answer, and as soon as she was sure that the little dog could come—she popped her pie into the oven. There were two ovens, one above the other; some other knobs and handles were only ornamental and not intended to open. Ribby put the pie into the lower oven; the door was very stiff.

"The top oven bakes too quickly," said Ribby to herself. "It is a pie of the most delicate and tender mouse minced up with bacon. And I have taken out all the bones; because Duchess did nearly choke herself with a fish-bone last time I gave a party. She eats a little fast—rather big mouthfuls. But a most genteel and elegant little dog;

infinitely superior company to Cousin Tabitha Twitchit."
Ribby put on some coal and swept up the hearth. Then she went out with a can to the well, for water to fill up the kettle.

Then she began to set the room in order, for it was the sitting-room as well as the kitchen. She shook the mats out at the front-door and put them straight; the hearthrug was a rabbit-skin. She dusted the clock and the ornaments on the mantelpiece, and she polished and rubbed the tables and chairs.

Then she spread a very clean white table-cloth, and set out her best china tea-set, which she took out of a wall-cupboard near the fireplace. The tea-cups were white with a pattern of pink roses; and the dinner-plates were white and blue.

When Ribby had laid the table she took a jug and a blue and white dish, and went out down the field to the farm, to fetch milk and butter.

When she came back, she peeped into the bottom oven; the pie looked very comfortable.

Ribby put on her shawl and bonnet and went out again with a basket, to the village shop to buy a packet of tea, a pound of lump sugar, and a pot of marmalade.

And just at the same time, Duchess came out of her house, at the other end of the village.

Ribby met Duchess half-way down the street, also carrying a basket, covered with a cloth. They only bowed to one another; they did not speak, because they were going to have a party.
As soon as Duchess had got round the corner out of sight—she simply ran! Straight away to Ribby's house!
Ribby went into the shop and bought what she required, and came out, after a pleasant gossip with Cousin Tabitha Twitchit.

Cousin Tabitha was disdainful afterwards in conversation—
"A little dog indeed! Just as if there were no CATS in Sawrey! And a pie for afternoon tea! The very idea!" said Cousin Tabitha Twitchit.
Ribby went on to Timothy Baker's and bought the muffins. Then she went home.
There seemed to be a sort of scuffling noise in the back passage, as she was coming in at the front door.
"I trust that is not that Pie: the spoons are locked up, however," said Ribby.
But there was nobody there. Ribby opened the bottom

oven door with some difficulty, and turned the pie. There began to be a pleasing smell of baked mouse!

Duchess in the meantime, had slipped out at the back door.

"It is a very odd thing that Ribby's pie was not in the oven when I put mine in! And I can't find it anywhere; I have looked all over the house. I put my pie into a nice hot oven at the top. I could not turn any of the other handles; I think that they are all shams," said Duchess, "but I wish I could have removed the pie made of mouse! I cannot think what she has done with it? I heard Ribby coming and I had to run out by the back door!"

Duchess went home and brushed her beautiful black coat; and then she picked a bunch of flowers in her garden as a present for Ribby; and passed the time until the clock struck four.

Ribby—having assured herself by careful search that there was really no one hiding in the cupboard or in the larder—went upstairs to change her dress.
She put on a lilac silk gown, for the party, and an embroidered muslin apron and tippet.

"It is very strange," said Ribby, "I did not think I left that drawer pulled out; has somebody been trying on my mittens?"

She came downstairs again, and made the tea, and put the teapot on the hob. She peeped again into the bottom oven, the pie had become a lovely brown, and it was steaming hot.

She sat down before the fire to wait for the little dog. "I am glad I used the bottom oven," said Ribby, "the top one would certainly have been very much too hot. I wonder why that cupboard door was open? Can there really have been someone in the house?"

Very punctually at four o'clock, Duchess started to go to the party. She ran so fast through the village that she was too early, and she had to wait a little while in the lane that leads down to Ribby's house.

"I wonder if Ribby has taken my pie out of the oven yet?" said Duchess, "and whatever can have become of the other pie made of mouse?"

At a quarter past four to the minute, there came a most genteel little tap-tappity. "Is Mrs. Ribston at home?" inquired Duchess in the porch.

"Come in! and how do you do, my dear Duchess?" cried

Ribby. "I hope I see you well?"

"Quite well, I thank you, and how do you do, my dear Ribby?" said Duchess. "I've brought you some flowers; what a delicious smell of pie!"

"Oh, what lovely flowers! Yes, it is mouse and bacon!"

"Do not talk about food, my dear Ribby," said Duchess; "what a lovely white tea-cloth!……. Is it done to a turn? Is it still in the oven?"

"I think it wants another five minutes," said Ribby. "Just a shade longer; I will pour out the tea, while we wait. Do you take sugar, my dear Duchess?"

"Oh yes, please! my dear Ribby; and may I have a lump upon my nose?"

"With pleasure, my dear Duchess; how beautifully you beg! Oh, how sweetly pretty!"

Duchess sat up with the sugar on her nose and sniffed?

"How good that pie smells! I do love veal and ham?I mean to say mouse and bacon?"

She dropped the sugar in confusion, and had to go hunting under the tea-table, so did not see which oven Ribby opened in order to get out the pie.

Ribby set the pie upon the table; there was a very savoury

smell.

Duchess came out from under the table-cloth munching sugar, and sat up on a chair.

"I will first cut the pie for you; I am going to have muffin and marmalade," said Ribby.

"Do you really prefer muffin? Mind the patty-pan!"

"I beg your pardon?" said Ribby.

"May I pass you the marmalade?" said Duchess hurriedly.

The pie proved extremely toothsome, and the muffins light and hot. They disappeared rapidly, especially the pie!

"I think" — (thought the Duchess to herself) — "I think it would be wiser if I helped myself to pie; though Ribby did not seem to notice anything when she was cutting it. What very small fine pieces it has cooked into! I did not remember that I had minced it up so fine; I suppose this is a quicker oven than my own."

"How fast Duchess is eating!" thought Ribby to herself, as she buttered her fifth muffin.

The pie-dish was emptying rapidly! Duchess had had four helps already, and was fumbling with the spoon. "A little more bacon, my dear Duchess?" said Ribby.

"Thank you, my dear Ribby; I was only feeling for the

patty-pan."

"The patty-pan? my dear Duchess?"

"The patty-pan that held up the pie-crust," said Duchess, blushing under her black coat.

"Oh, I didn't put one in, my dear Duchess," said Ribby; "I don't think that it is necessary in pies made of mouse."

Duchess fumbled with the spoon—"I can't find it!" she said anxiously.

"There isn't a patty-pan," said Ribby, looking perplexed.

"Yes, indeed, my dear Ribby; where can it have gone to?" said Duchess.

"There most certainly is not one, my dear Duchess. I disapprove of tin articles in puddings and pies. It is most undesirable?(especially when people swallow in lumps!)" she added in a lower voice.

Duchess looked very much alarmed, and continued to scoop the inside of the pie-dish.

"My Great-aunt Squintina(grandmother of Cousin Tabitha Twitchit)—died of a thimble in a Christmas plum-pudding. I never put any article of metal in my puddings or pies."

Duchess looked aghast, and tilted up the pie-dish.

"I have only four patty-pans, and they are all in the cupboard."

Duchess set up a howl.

"I shall die! I shall die! I have swallowed a patty-pan! Oh, my dear Ribby, I do feel so ill!"

"It is impossible, my dear Duchess; there was not a patty-pan."

Duchess moaned and whined and rocked herself about.

"Oh I feel so dreadful, I have swallowed a patty-pan!"

"There was nothing in the pie," said Ribby severely.

"Yes there was, my dear Ribby, I am sure I have swallowed it!"

"Let me prop you up with a pillow, my dear Duchess; where do you think you feel it?"

"Oh I do feel so ill all over me, my dear Ribby; I have swallowed a large tin patty-pan with a sharp scalloped edge!"

"Shall I run for the doctor? I will just lock up the spoons!"

"Oh yes, yes! fetch Dr. Maggotty, my dear Ribby: he is a Pie himself, he will certainly understand."

Ribby settled Duchess in an armchair before the fire, and went out and hurried to the village to look for the doctor. She found him at the smithy.

He was occupied in putting rusty nails into a bottle of ink, which he had obtained at the post office.

"Gammon? ha! HA!" said he, with his head on one side.
Ribby explained that her guest had swallowed a patty-pan.
"Spinach? ha! HA!" said he, and accompanied her with alacrity.

He hopped so fast that Ribby had to run. It was most conspicuous. All the village could see that Ribby was fetching the doctor.
"I knew they would over-eat themselves!" said Cousin Tabitha Twitchit.

But while Ribby had been hunting for the doctor — a curious thing had happened to Duchess, who had been left by herself, sitting before the fire, sighing and groaning and feeling very unhappy.
"How could I have swallowed it! such a large thing as a patty-pan!"
She got up and went to the table, and felt inside the pie-dish again with a spoon.
"No; there is no patty-pan, and I put one in; and nobody has eaten pie except me, so I must have swallowed it!"

She sat down again, and stared mournfully at the grate. The fire crackled and danced, and something sizz-z-zled!

Duchess started! She opened the door of the top oven; out came a rich steamy flavour of veal and ham, and there stood a fine brown pie,?and through a hole in the top of the pie-crust there was a glimpse of a little tin patty-pan! Duchess drew a long breath?

"Then I must have been eating MOUSE!······. No wonder I feel ill······. But perhaps I should feel worse if I had really swallowed a patty-pan!" Duchess reflected — "What a very awkward thing to have to explain to Ribby! I think I will put my pie in the back-yard and say nothing about it. When I go home, I will run round and take it away." She put it outside the back-door, and sat down again by the fire, and shut her eyes; when Ribby arrived with the doctor, she seemed fast asleep.

"Gammon, ha, HA?" said the doctor.
"I am feeling very much better," said Duchess, waking up with a jump.
"I am truly glad to hear it! He has brought you a pill, my dear Duchess!"
"I think I should feel quite well if he only felt my pulse," said Duchess, backing away from the magpie, who sidled up with something in his beak.
"It is only a bread pill, you had much better take it; drink a little milk, my dear Duchess!"

"Gammon? Gammon?" said the doctor, while Duchess coughed and choked.

"Don't say that again!" said Ribby, losing her temper — "Here, take this bread and jam, and get out into the yard!"

"Gammon and Spinach! ha ha HA!" shouted Dr. Maggotty triumphantly outside the back door.

"I am feeling very much better my dear Ribby," said Duchess. "Do you not think that I had better go home before it gets dark?"

"Perhaps it might be wise, my dear Duchess. I will lend you a nice warm shawl, and you shall take my arm."

"I would not trouble you for worlds; I feel wonderfully better. One pill of Dr. Maggotty?"

"Indeed it is most admirable, if it has cured you of a patty-pan! I will call directly after breakfast to ask how you have slept."

Ribby and Duchess said goodbye affectionately, and Duchess started home. Half-way up the lane she stopped and looked back; Ribby had gone in and shut her door. Duchess slipped through the fence, and ran round to the back of Ribby's house, and peeped into the yard.

Upon the roof of the pig-stye sat Dr. Maggotty and three jackdaws. The jackdaws were eating pie-crust, and the

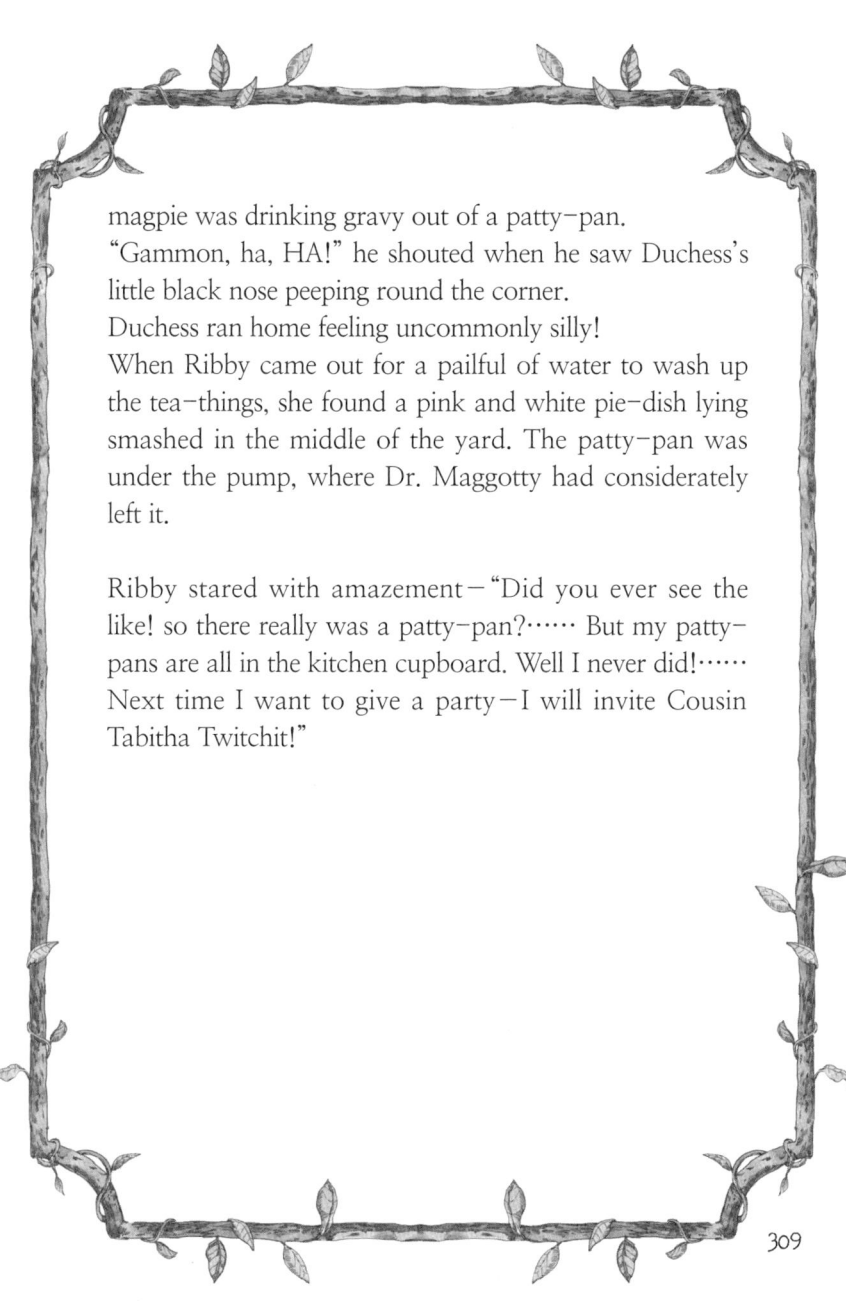

magpie was drinking gravy out of a patty-pan.

"Gammon, ha, HA!" he shouted when he saw Duchess's little black nose peeping round the corner.

Duchess ran home feeling uncommonly silly!

When Ribby came out for a pailful of water to wash up the tea-things, she found a pink and white pie-dish lying smashed in the middle of the yard. The patty-pan was under the pump, where Dr. Maggotty had considerately left it.

Ribby stared with amazement — "Did you ever see the like! so there really was a patty-pan?⋯⋯ But my patty-pans are all in the kitchen cupboard. Well I never did!⋯⋯ Next time I want to give a party — I will invite Cousin Tabitha Twitchit!"

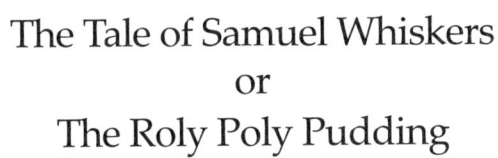

The Tale of Samuel Whiskers
or
The Roly Poly Pudding
새뮤얼 위스커 이야기

Once upon a time there was an old cat, called Mrs. Tabitha Twitchit, who was an anxious parent. She used to lose her kittens continually, and whenever they were lost they were always in mischief!

On baking day she determined to shut them up in a cupboard.

She caught Moppet and Mittens, but she could not find Tom.

Mrs. Tabitha went up and down all over the house, mewing for Tom Kitten. She looked in the pantry under the staircase, and she searched the best spare bedroom that was all covered up with dust sheets. She went right upstairs and looked into the attics, but she could not find him anywhere.

It was an old, old house, full of cupboards and passages. Some of the walls were four feet thick, and there used to

be queer noises inside them, as if there might be a little secret staircase. Certainly there were odd little jagged doorways in the wainscot, and things disappeared at night—especially cheese and bacon.
Mrs. Tabitha became more and more distracted, and mewed dreadfully.

While their mother was searching the house, Moppet and Mittens had got into mischief.
The cupboard door was not locked, so they pushed it open and came out.

They went straight to the dough which was set to rise in a pan before the fire.
They patted it with their little soft paws — "Shall we make dear little muffins?" said Mittens to Moppet.

But just at that moment somebody knocked at the front door, and Moppet jumped into the flour barrel in a fright.

Mittens ran away to the dairy, and hid in an empty jar on the stone shelf where the milk pans stand.

The visitor was a neighbour, Mrs. Ribby; she had called to borrow some yeast.

Mrs. Tabitha came downstairs mewing dreadfully — "Come in, Cousin Ribby, come in, and sit ye down! I'm in sad trouble, Cousin Ribby," said Tabitha, shedding tears. "I've lost my dear son Thomas; I'm afraid the rats have got him." She wiped her eyes with her apron.

"He's a bad kitten, Cousin Tabitha; he made a cat's cradle of my best bonnet last time I came to tea. Where have you looked for him?"

"All over the house! The rats are too many for me. What a thing it is to have an unruly family!" said Mrs. Tabitha Twitchit.

"I'm not afraid of rats; I will help you to find him; and whip him too! What is all that soot in the fender?"

"The chimney wants sweeping?Oh, dear me, Cousin Ribby?now Moppet and Mittens are gone!"
"They have both got out of the cupboard!"

Ribby and Tabitha set to work to search the house thoroughly again. They poked under the beds with Ribby's umbrella, and they rummaged in cupboards. They even fetched a candle, and looked inside a clothes chest in one of the attics. They could not find anything, but once they heard a door bang and somebody scuttered downstairs.

"Yes, it is infested with rats," said Tabitha tearfully. "I caught seven young ones out of one hole in the back kitchen, and we had them for dinner last Saturday. And once I saw the old father rat—an enormous old rat, Cousin Ribby. I was just going to jump upon him, when he showed his yellow teeth at me and whisked down the hole."

"The rats get upon my nerves, Cousin Ribby," said Tabitha.

Ribby and Tabitha searched and searched. They both heard a curious roly-poly noise under the attic floor. But there was nothing to be seen.

They returned to the kitchen. "Here's one of your kittens at least," said Ribby, dragging Moppet out of the flour barrel.

They shook the flour off her and set her down on the kitchen floor. She seemed to be in a terrible fright.

"Oh! Mother, Mother," said Moppet, "there's been an old woman rat in the kitchen, and she's stolen some of the dough!"

The two cats ran to look at the dough pan. Sure enough

there were marks of little scratching fingers, and a lump of dough was gone!

"Which way did she go, Moppet?"

But Moppet had been too much frightened to peep out of the barrel again.

Ribby and Tabitha took her with them to keep her safely in sight, while they went on with their search.

They went into the dairy.

The first thing they found was Mittens, hiding in an empty jar.

They tipped up the jar, and she scrambled out.
"Oh, Mother, Mother!" said Mittens?

"Oh! Mother, Mother, there has been an old man rat in the dairy — a dreadful 'normous big rat, mother; and he's stolen a pat of butter and the rolling-pin."

Ribby and Tabitha looked at one another.

"A rolling-pin and butter! Oh, my poor son Thomas!" exclaimed Tabitha, wringing her paws.

"A rolling-pin?" said Ribby. "Did we not hear a roly-poly noise in the attic when we were looking into that chest?"

Ribby and Tabitha rushed upstairs again. Sure enough the

roly-poly noise was still going on quite distinctly under the attic floor.

"This is serious, Cousin Tabitha," said Ribby. "We must send for John Joiner at once, with a saw."

Now this is what had been happening to Tom Kitten, and it shows how very unwise it is to go up a chimney in a very old house, where a person does not know his way, and where there are enormous rats.

Tom Kitten did not want to be shut up in a cupboard. When he saw that his mother was going to bake, he determined to hide.

He looked about for a nice convenient place, and he fixed upon the chimney.

The fire had only just been lighted, and it was not hot; but there was a white choky smoke from the green sticks. Tom Kitten got upon the fender and looked up. It was a big old-fashioned fire-place.

The chimney itself was wide enough inside for a man to stand up and walk about. So there was plenty of room for a little Tom Cat.

He jumped right up into the fire-place, balancing himself upon the iron bar where the kettle hangs.

Tom Kitten took another big jump off the bar, and landed on a ledge high up inside the chimney, knocking down some soot into the fender.

Tom Kitten coughed and choked with the smoke; and he could hear the sticks beginning to crackle and burn in the fire-place down below. He made up his mind to climb right to the top, and get out on the slates, and try to catch sparrows.

"I cannot go back. If I slipped I might fall in the fire and singe my beautiful tail and my little blue jacket."

The chimney was a very big old-fashioned one. It was built in the days when people burnt logs of wood upon the hearth.

The chimney stack stood up above the roof like a little stone tower, and the daylight shone down from the top, under the slanting slates that kept out the rain.

Tom Kitten was getting very frightened! He climbed up, and up, and up.

Then he waded sideways through inches of soot. He was like a little sweep himself.

It was most confusing in the dark. One flue seemed to lead into another.

There was less smoke, but Tom Kitten felt quite lost.

He scrambled up and up; but before he reached the chimney top he came to a place where somebody had loosened a stone in the wall. There were some mutton bones lying about?

"This seems funny," said Tom Kitten. "Who has been gnawing bones up here in the chimney? I wish I had never come! And what a funny smell? It is something like mouse; only dreadfully strong. It makes me sneeze," said Tom Kitten.

He squeezed through the hole in the wall, and dragged himself along a most uncomfortably tight passage where there was scarcely any light.

He groped his way carefully for several yards; he was at the back of the skirting-board in the attic, where there is a little mark * in the picture.

All at once he fell head over heels in the dark, down a hole, and landed on a heap of very dirty rags.

When Tom Kitten picked himself up and looked about him?he found himself in a place that he had never seen

before, although he had lived all his life in the house.
It was a very small stuffy fusty room, with boards, and rafters, and cobwebs, and lath and plaster.
Opposite to him—as far away as he could sit—was an enormous rat.
"What do you mean by tumbling into my bed all covered with smuts?" said the rat, chattering his teeth.

"Please sir, the chimney wants sweeping," said poor Tom Kitten.

"Anna Maria! Anna Maria!" squeaked the rat. There was a pattering noise and an old woman rat poked her head round a rafter.

All in a minute she rushed upon Tom Kitten, and before he knew what was happening?
His coat was pulled off, and he was rolled up in a bundle, and tied with string in very hard knots.
Anna Maria did the tying. The old rat watched her and took snuff. When she had finished, they both sat staring at him with their mouths open.
"Anna Maria," said the old man rat (whose name was Samuel Whiskers), — "Anna Maria, make me a kitten dumpling roly-poly pudding for my dinner."

"It requires dough and a pat of butter, and a rolling-pin," said Anna Maria, considering Tom Kitten with her head on one side.

"No," said Samuel Whiskers, "make it properly, Anna Maria, with breadcrumbs."

"Nonsense! Butter and dough," replied Anna Maria.
The two rats consulted together for a few minutes and then went away.
Samuel Whiskers got through a hole in the wainscot, and went boldly down the front staircase to the dairy to get the butter. He did not meet anybody.

He made a second journey for the rolling-pin. He pushed it in front of him with his paws, like a brewer's man trundling a barrel.
He could hear Ribby and Tabitha talking, but they were busy lighting the candle to look into the chest.
They did not see him.

Anna Maria went down by way of the skirting-board and a window shutter to the kitchen to steal the dough.

She borrowed a small saucer, and scooped up the dough

with her paws.

She did not observe Moppet.

While Tom Kitten was left alone under the floor of the attic, he wriggled about and tried to mew for help.

But his mouth was full of soot and cobwebs, and he was tied up in such very tight knots, he could not make anybody hear him.

Except a spider, which came out of a crack in the ceiling and examined the knots critically, from a safe distance.

It was a judge of knots because it had a habit of tying up unfortunate blue-bottles. It did not offer to assist him.

Tom Kitten wriggled and squirmed until he was quite exhausted.

Presently the rats came back and set to work to make him into a dumpling. First they smeared him with butter, and then they rolled him in the dough.

"Will not the string be very indigestible, Anna Maria?" inquired Samuel Whiskers.

Anna Maria said she thought that it was of no consequence; but she wished that Tom Kitten would hold his head still, as it disarranged the pastry. She laid hold of his ears.

Tom Kitten bit and spat, and mewed and wriggled; and the rolling-pin went roly-poly, roly; roly, poly, roly. The rats each held an end.

"His tail is sticking out! You did not fetch enough dough, Anna Maria."
"I fetched as much as I could carry," replied Anna Maria.
"I do not think"—said Samuel Whiskers, pausing to take a look at Tom Kitten—"I do not think it will be a good pudding. It smells sooty."
Anna Maria was about to argue the point, when all at once there began to be other sounds up above?the rasping noise of a saw; and the noise of a little dog, scratching and yelping!

The rats dropped the rolling-pin, and listened attentively.
"We are discovered and interrupted, Anna Maria; let us collect our property?and other people's,?and depart at once."
"I fear that we shall be obliged to leave this pudding."

"But I am persuaded that the knots would have proved indigestible, whatever you may urge to the contrary."
"Come away at once and help me to tie up some mutton bones in a counterpane," said Anna Maria. "I have got

half a smoked ham hidden in the chimney."

So it happened that by the time John Joiner had got the plank up—there was nobody under the floor except the rolling-pin and Tom Kitten in a very dirty dumpling!

But there was a strong smell of rats; and John Joiner spent the rest of the morning sniffing and whining, and wagging his tail, and going round and round with his head in the hole like a gimlet.

Then he nailed the plank down again and put his tools in his bag, and came downstairs.
The cat family had quite recovered. They invited him to stay to dinner.
The dumpling had been peeled off Tom Kitten, and made separately into a bag pudding, with currants in it to hide the smuts.
They had been obliged to put Tom Kitten into a hot bath to get the butter off.
John Joiner smelt the pudding; but he regretted that he had not time to stay to dinner, because he had just finished making a wheel-barrow for Miss Potter, and she had ordered two hen-coops.
And when I was going to the post late in the afternoon?I

looked up the lane from the corner, and I saw Mr. Samuel Whiskers and his wife on the run, with big bundles on a little wheel-barrow, which looked very like mine.

They were just turning in at the gate to the barn of Farmer Potatoes.

Samuel Whiskers was puffing and out of breath. Anna Maria was still arguing in shrill tones.

She seemed to know her way, and she seemed to have a quantity of luggage.

I am sure I never gave her leave to borrow my wheel-barrow!

They went into the barn, and hauled their parcels with a bit of string to the top of the hay mow.

After that, there were no more rats for a long time at Tabitha Twitchit's.

As for Farmer Potatoes, he has been driven nearly distracted. There are rats, and rats, and rats in his barn! They eat up the chicken food, and steal the oats and bran, and make holes in the meal bags.

And they are all descended from Mr. and Mrs. Samuel

Whiskers—children and grand-children and great great grand-children.

There is no end to them!

Moppet and Mittens have grown up into very good rat-catchers.
They go out rat-catching in the village, and they find plenty of employment. They charge so much a dozen, and earn their living very comfortably.

They hang up the rats' tails in a row on the barn door, to show how many they have caught—dozens and dozens of them.

But Tom Kitten has always been afraid of a rat; he never durst face anything that A Mouse.

The Tailor of Gloucester
글로스터의 재단사 이야기

He cut his coats without waste, according to his embroidered cloth; they were very small ends and snippets that lay about upon the table — "Too narrow breadths for nought — except waistcoats for mice," said the tailor.

One bitter cold day near Christmastime the tailor began to make a coat — a coat of cherry-coloured corded silk embroidered with pansies and roses, and a cream coloured satin waistcoat — trimmed with gauze and green worsted chenille — for the Mayor of Gloucester.

The tailor worked and worked, and he talked to himself. He measured the silk, and turned it round and round, and trimmed it into shape with his shears; the table was all littered with cherry-coloured snippets.
"No breadth at all, and cut on the cross; it is no breadth at all; tippets for mice and ribbons for mobs! for mice!"

said the Tailor of Gloucester.

When the snow-flakes came down against the small leaded window-panes and shut out the light, the tailor had done his day's work; all the silk and satin lay cut out upon the table.

There were twelve pieces for the coat and four pieces for the waistcoat; and there were pocket flaps and cuffs, and buttons all in order. For the lining of the coat there was fine yellow taffeta; and for the button-holes of the waistcoat, there was cherry-coloured twist. And everything was ready to sew together in the morning, all measured and sufficient—except that there was wanting just one single skein of cherry-coloured twisted silk.

The tailor came out of his shop at dark, for he did not sleep there at nights; he fastened the window and locked the door, and took away the key. No one lived there at night but little brown mice, and they run in and out without any keys!

For behind the wooden wainscots of all the old houses in Gloucester, there are little mouse staircases and secret trap-doors; and the mice run from house to house through those long narrow passages; they can run all over the town without going into the streets.

But the tailor came out of his shop, and shuffled home through the snow. He lived quite near by in College Court, next the doorway to College Green; and although it was not a big house, the tailor was so poor he only rented the kitchen.

He lived alone with his cat; it was called Simpkin.

Now all day long while the tailor was out at work, Simpkin kept house by himself; and he also was fond of the mice, though he gave them no satin for coats!

"Miaw?" said the cat when the tailor opened the door. "Miaw?"

The tailor replied — "Simpkin, we shall make our fortune, but I am worn to a ravelling. Take this groat (which is our last fourpence) and Simpkin, take a china pipkin; buy a penn'orth of bread, a penn'orth of milk and a penn'orth of sausages. And oh, Simpkin, with the last penny of our fourpence buy me one penn'orth of cherry-coloured silk. But do not lose the last penny of the fourpence, Simpkin, or I am undone and worn to a thread-paper, for I have NO MORE TWIST."

Then Simpkin again said, "Miaw?" and took the groat and the pipkin, and went out into the dark.

The tailor was very tired and beginning to be ill. He sat

down by the hearth and talked to himself about that wonderful coat.

"I shall make my fortune—to be cut bias—the Mayor of Gloucester is to be married on Christmas Day in the morning, and he hath ordered a coat and an embroidered waistcoat—to be lined with yellow taffeta—and the taffeta sufficeth; there is no more left over in snippets than will serve to make tippets for mice?— —"

Then the tailor started; for suddenly, interrupting him, from the dresser at the other side of the kitchen came a number of little noises?

Tip tap, tip tap, tip tap tip!

"Now what can that be?" said the Tailor of Gloucester, jumping up from his chair. The dresser was covered with crockery and pipkins, willow pattern plates, and tea-cups and mugs.

The tailor crossed the kitchen, and stood quite still beside the dresser, listening, and peering through his spectacles. Again from under a tea-cup, came those funny little noises?

Tip tap, tip tap, Tip tap tip!

"This is very peculiar," said the Tailor of Gloucester; and he lifted up the tea-cup which was upside down.

Out stepped a little live lady mouse, and made a curtsey to the tailor! Then she hopped away down off the dresser, and under the wainscot.

The tailor sat down again by the fire, warming his poor cold hands, and mumbling to himself— —

"The waistcoat is cut out from peach-coloured satin— tambour stitch and rose-buds in beautiful floss silk. Was I wise to entrust my last fourpence to Simpkin? One-and-twenty button-holes of cherry-coloured twist!"

But all at once, from the dresser, there came other little noises:

Tip tap, tip tap, tip tap tip!

"This is passing extraordinary!" said the Tailor of Gloucester, and turned over another tea-cup, which was upside down.

Out stepped a little gentleman mouse, and made a bow to the tailor!

And then from all over the dresser came a chorus of little tappings, all sounding together, and answering one another, like watch-beetles in an old worm-eaten window-shutter— —

Tip tap, tip tap, tip tap tip!

And out from under tea-cups and from under bowls and basins, stepped other and more little mice who hopped away down off the dresser and under the wainscot.

The tailor sat down, close over the fire, lamenting — "One-and-twenty button-holes of cherry-coloured silk! To be finished by noon of Saturday: and this is Tuesday evening. Was it right to let loose those mice, undoubtedly the property of Simpkin? Alack, I am undone, for I have no more twist!"

The little mice came out again, and listened to the tailor; they took notice of the pattern of that wonderful coat. They whispered to one another about the taffeta lining, and about little mouse tippets.

And then all at once they all ran away together down the passage behind the wainscot, squeaking and calling to one another, as they ran from house to house; and not one mouse was left in the tailor's kitchen when Simpkin came back with the pipkin of milk!

Simpkin opened the door and bounced in, with an angry "G-r-r-miaw!" like a cat that is vexed: for he hated the snow, and there was snow in his ears, and snow in his collar at the back of his neck. He put down the loaf and the sausages upon the dresser, and sniffed.

"Simpkin," said the tailor, "where is my twist?"

But Simpkin set down the pipkin of milk upon the dresser,

and looked suspiciously at the tea-cups. He wanted his supper of little fat mouse!

"Simpkin," said the tailor, "where is my TWIST?"

But Simpkin hid a little parcel privately in the tea-pot, and spit and growled at the tailor; and if Simpkin had been able to talk, he would have asked: "Where is my MOUSE?"

"Alack, I am undone!" said the Tailor of Gloucester, and went sadly to bed.

All that night long Simpkin hunted and searched through the kitchen, peeping into cupboards and under the wainscot, and into the tea-pot where he had hidden that twist; but still he found never a mouse!

Whenever the tailor muttered and talked in his sleep, Simpkin said "Miaw-ger-r-w-s-s-ch!" and made strange horrid noises, as cats do at night.

For the poor old tailor was very ill with a fever, tossing and turning in his four-post bed; and still in his dreams he mumbled—"No more twist! no more twist!"

All that day he was ill, and the next day, and the next; and what should become of the cherry-coloured coat? In the tailor's shop in Westgate Street the embroidered silk and satin lay cut out upon the table—one-and-twenty button-holes—and who should come to sew them, when the window was barred, and the door was fast locked?

But that does not hinder the little brown mice; they run in and out without any keys through all the old houses in Gloucester!

Out of doors the market folks went trudging through the snow to buy their geese and turkeys, and to bake their Christmas pies; but there would be no Christmas dinner for Simpkin and the poor old Tailor of Gloucester.
The tailor lay ill for three days and nights; and then it was Christmas Eve, and very late at night. The moon climbed up over the roofs and chimneys, and looked down over the gateway into College Court. There were no lights in the windows, nor any sound in the houses; all the city of Gloucester was fast asleep under the snow.
And still Simpkin wanted his mice, and he mewed as he stood beside the four-post bed.

But it is in the old story that all the beasts can talk, in the night between Christmas Eve and Christmas Day in the morning (though there are very few folk that can hear them, or know what it is that they say).
When the Cathedral clock struck twelve there was an answer—like an echo of the chimes—and Simpkin heard

it, and came out of the tailor's door, and wandered about in the snow.

From all the roofs and gables and old wooden houses in Gloucester came a thousand merry voices singing the old Christmas rhymes—all the old songs that ever I heard of, and some that I don't know, like Whittington's bells.

First and loudest the cocks cried out: "Dame, get up, and bake your pies!"

"Oh, dilly, dilly, dilly!" sighed Simpkin.

And now in a garret there were lights and sounds of dancing, and cats came from over the way.

"Hey, diddle, diddle, the cat and the fiddle! All the cats in Gloucester—except me," said Simpkin.

Under the wooden eaves the starlings and sparrows sang of Christmas pies; the jack-daws woke up in the Cathedral tower; and although it was the middle of the night the throstles and robins sang; the air was quite full of little twittering tunes.

But it was all rather provoking to poor hungry Simpkin! Particularly he was vexed with some little shrill voices from behind a wooden lattice. I think that they were bats, because they always have very small voices—especially in a black frost, when they talk in their sleep, like the Tailor

of Gloucester.
They said something mysterious that sounded like—
"Buz, quoth the blue fly, hum, quoth the bee,
Buz and hum they cry, and so do we!"
and Simpkin went away shaking his ears as if he had a bee in his bonnet.

From the tailor's shop in Westgate came a glow of light; and when Simpkin crept up to peep in at the window it was full of candles. There was a snippeting of scissors, and snappeting of thread; and little mouse voices sang loudly and gaily—
"Four-and-twenty tailors Went to catch a snail,
The best man amongst them Durst not touch her tail,
She put out her horns Like a little kyloe cow,
Run, tailors, run! or she'll have you all e'en now!"
Then without a pause the little mouse voices went on again— —
"Sieve my lady's oatmeal, Grind my lady's flour,
Put it in a chestnut, Let it stand an hour— —

"Mew! Mew!" interrupted Simpkin, and he scratched at the door. But the key was under the tailor's pillow, he could not get in.
The little mice only laughed, and tried another tune—

"Three little mice sat down to spin,
Pussy passed by and she peeped in.
What are you at, my fine little men?
Making coats for gentlemen.
Shall I come in and cut off your threads?
Oh, no, Miss Pussy, you'd bite off our heads!"
"Mew! Mew!" cried Simpkin. "Hey diddle dinketty?" answered the little mice?
"Hey diddle dinketty, poppetty pet!
The merchants of London they wear scarlet;
Silk in the collar, and gold in the hem,
So merrily march the merchantmen!"

They clicked their thimbles to mark the time, but none of the songs pleased Simpkin; he sniffed and mewed at the door of the shop.
"And then I bought A pipkin and a popkin,
A slipkin and a slopkin, All for one farthing— —
and upon the kitchen dresser!" added the rude little mice.
"Mew! scratch! scratch!"scuffled Simpkin on the window-sill; while the little mice inside sprang to their feet, and all began to shout at once in little twittering voices: "No more twist! No more twist!" And they barred up the window shutters and shut out Simpkin.
But still through the nicks in the shutters he could hear the

click of thimbles, and little mouse voices singing—
"No more twist! No more twist!"

Simpkin came away from the shop and went home, considering in his mind. He found the poor old tailor without fever, sleeping peacefully.
Then Simpkin went on tip-toe and took a little parcel of silk out of the tea-pot, and looked at it in the moonlight; and he felt quite ashamed of his badness compared with those good little mice!
When the tailor awoke in the morning, the first thing which he saw upon the patchwork quilt, was a skein of cherry-coloured twisted silk, and beside his bed stood the repentant Simpkin!

"Alack, I am worn to a ravelling," said the Tailor of Gloucester, "but I have my twist!"
The sun was shining on the snow when the tailor got up and dressed, and came out into the street with Simpkin running before him.
The starlings whistled on the chimney stacks, and the throstles and robins sang—but they sang their own little noises, not the words they had sung in the night.
"Alack," said the tailor, "I have my twist; but no more strength—nor time—than will serve to make me one single

button-hole; for this is Christmas Day in the Morning! The Mayor of Gloucester shall be married by noon — and where is his cherry-coloured coat?"

He unlocked the door of the little shop in Westgate Street, and Simpkin ran in, like a cat that expects something.

But there was no one there! Not even one little brown mouse!

The boards were swept clean; the little ends of thread and the little silk snippets were all tidied away, and gone from off the floor.

But upon the table — oh joy! the tailor gave a shout — there, where he had left plain cuttings of silk — there lay the most beautifullest coat and embroidered satin waistcoat that ever were worn by a Mayor of Gloucester.

There were roses and pansies upon the facings of the coat; and the waistcoat was worked with poppies and corn-flowers.

Everything was finished except just one single cherry-coloured button-hole, and where that button-hole was wanting there was pinned a scrap of paper with these words — in little teeny weeny writing — —

NO MORE TWIST

And from then began the luck of the Tailor of Gloucester;

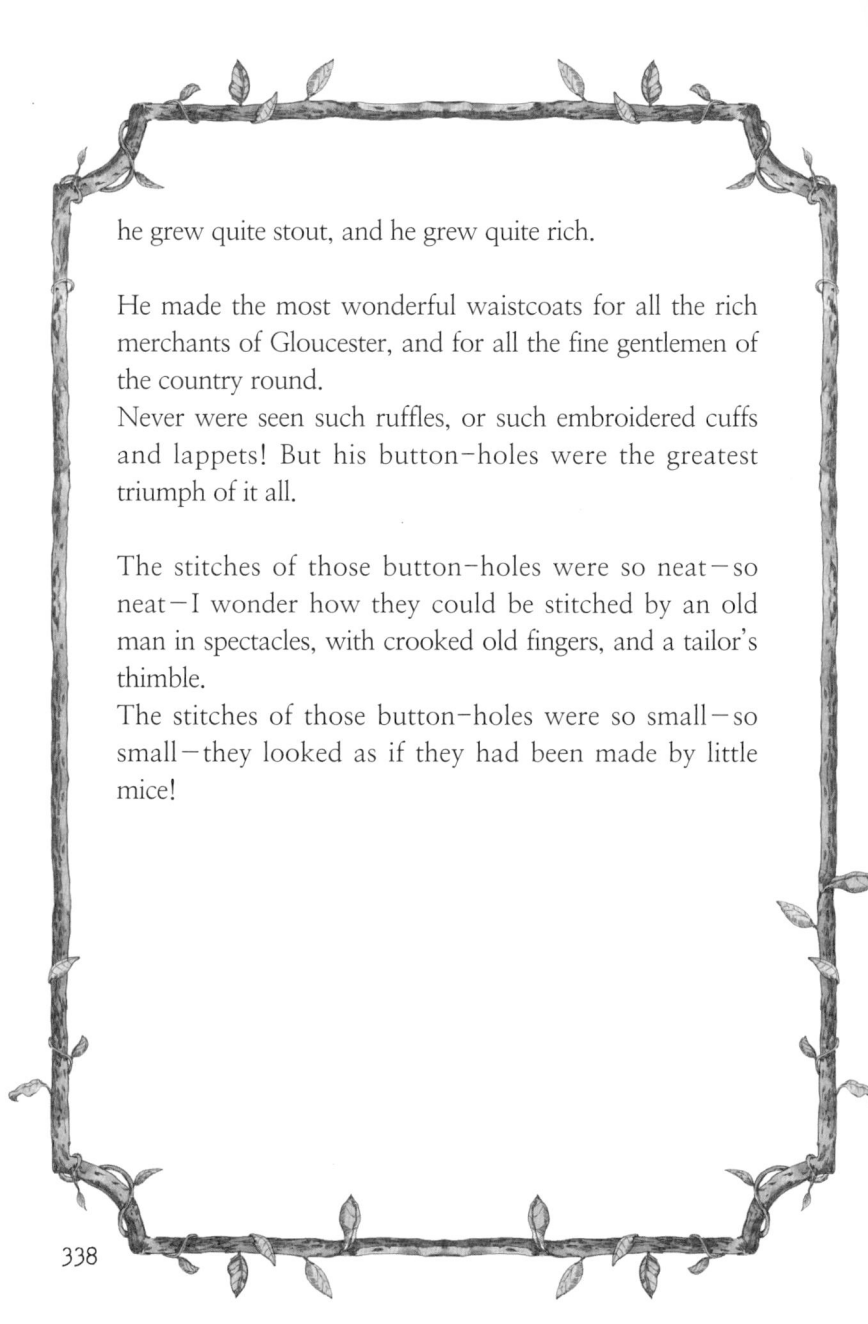

he grew quite stout, and he grew quite rich.

He made the most wonderful waistcoats for all the rich merchants of Gloucester, and for all the fine gentlemen of the country round.
Never were seen such ruffles, or such embroidered cuffs and lappets! But his button-holes were the greatest triumph of it all.

The stitches of those button-holes were so neat—so neat—I wonder how they could be stitched by an old man in spectacles, with crooked old fingers, and a tailor's thimble.
The stitches of those button-holes were so small—so small—they looked as if they had been made by little mice!

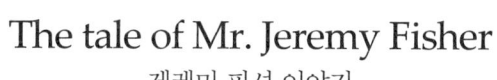

The tale of Mr. Jeremy Fisher
제레미 피셔 이야기

Once upon a time there was a frog called Mr. Jeremy Fisher; he lived in a little damp house amongst the buttercups at the edge of a pond.
The water was all slippy-sloppy in the larder and in the back passage.
But Mr. Jeremy liked getting his feet wet; nobody ever scolded him, and he never caught a cold!

He was quite pleased when he looked out and saw large drops of rain, splashing in the pond —
"I will get some worms and go fishing and catch a dish of minnows for my dinner," said Mr. Jeremy Fisher. "If I catch more than five fish, I will invite my friends Mr. Alderman Ptolemy Tortoise and Sir Isaac Newton. The Alderman, however, eats salad."

Mr. Jeremy put on a macintosh, and a pair of shiny

goloshes; he took his rod and basket, and set off with enormous hops to the place where he kept his boat.

The boat was round and green, and very like the other lily-leaves. It was tied to a water-plant in the middle of the pond.

Mr. Jeremy took a reed pole, and pushed the boat out into open water. "I know a good place for minnows," said Mr. Jeremy Fisher.

Mr. Jeremy stuck his pole into the mud and fastened the boat to it.

Then he settled himself cross-legged and arranged his fishing tackle. He had the dearest little red float. His rod was a tough stalk of grass, his line was a fine long white horse-hair, and he tied a little wriggling worm at the end.

The rain trickled down his back, and for nearly an hour he stared at the float.

"This is getting tiresome, I think I should like some lunch," said Mr. Jeremy Fisher.

He punted back again amongst the water-plants, and took some lunch out of his basket.

"I will eat a butterfly sandwich, and wait till the shower is over," said Mr. Jeremy Fisher.

A great big water-beetle came up underneath the lily leaf and tweaked the toe of one of his goloshes.

Mr. Jeremy crossed his legs up shorter, out of reach, and went on eating his sandwich.

Once or twice something moved about with a rustle and a splash amongst the rushes at the side of the pond.

"I trust that is not a rat," said Mr. Jeremy Fisher; "I think I had better get away from here."

Mr. Jeremy shoved the boat out again a little way, and dropped in the bait. There was a bite almost directly; the float gave a tremendous bobbit!

"A minnow! a minnow! I have him by the nose!" cried Mr. Jeremy Fisher, jerking up his rod.

But what a horrible surprise! Instead of a smooth fat minnow, Mr. Jeremy landed little Jack Sharp the stickleback, covered with spines!

The stickleback floundered about the boat, pricking and snapping until he was quite out of breath. Then he jumped back into the water.

And a shoal of other little fishes put their heads out, and laughed at Mr. Jeremy Fisher.

And while Mr. Jeremy sat disconsolately on the edge of his boat—sucking his sore fingers and peering down into the water—a much worse thing happened; a really frightful thing it would have been, if Mr. Jeremy had not been wearing a macintosh!

A great big enormous trout came up—ker-pflop-p-p-p! with a splash—and it seized Mr. Jeremy with a snap, "Ow! Ow! Ow!"—and then it turned and dived down to the bottom of the pond!

But the trout was so displeased with the taste of the macintosh, that in less than half a minute it spat him out again; and the only thing it swallowed was Mr. Jeremy's goloshes.

Mr. Jeremy bounced up to the surface of the water, like a cork and the bubbles out of a soda water bottle; and he swam with all his might to the edge of the pond.

He scrambled out on the first bank he came to, and he hopped home across the meadow with his macintosh all in tatters.

"What a mercy that was not a pike!" said Mr. Jeremy Fisher. "I have lost my rod and basket; but it does not much matter, for I am sure I should never have dared to go fishing again!"

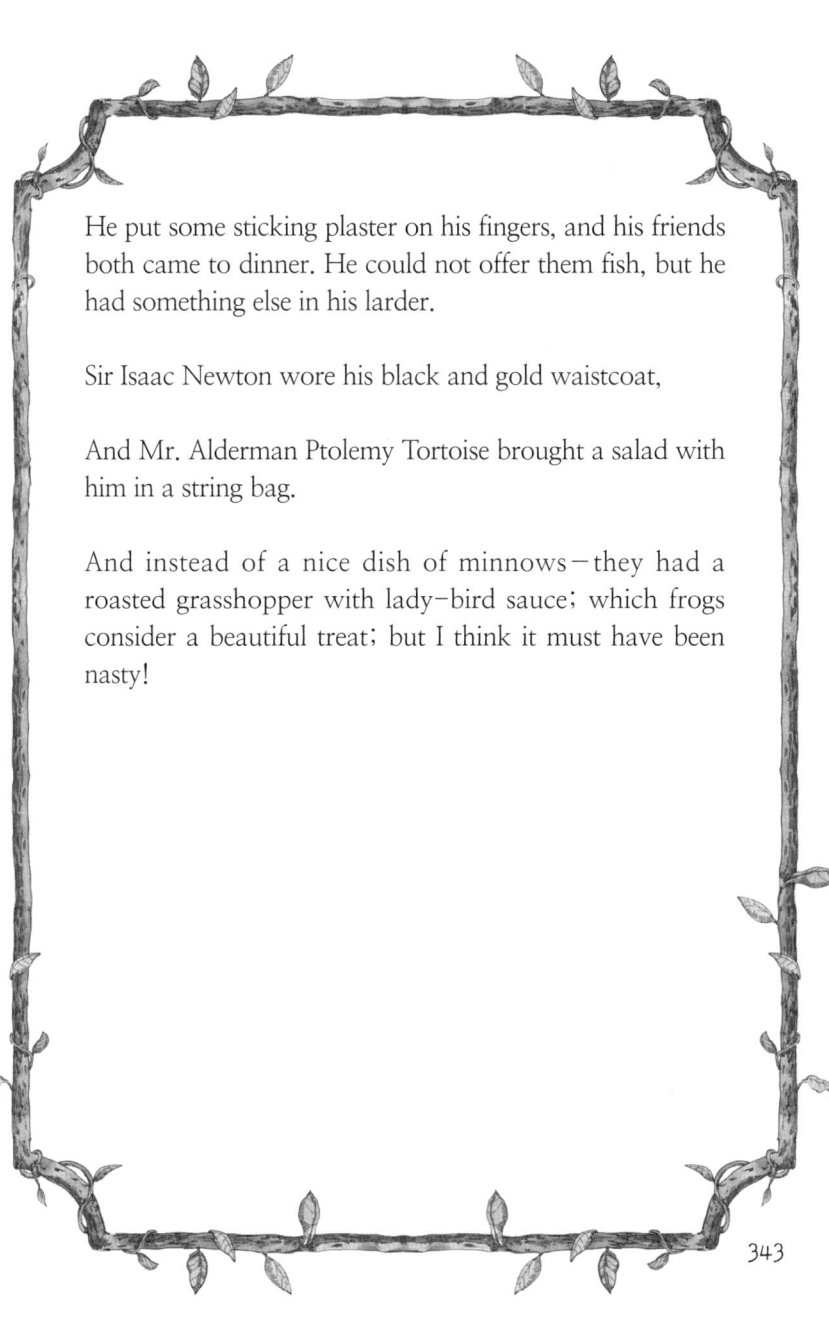

He put some sticking plaster on his fingers, and his friends both came to dinner. He could not offer them fish, but he had something else in his larder.

Sir Isaac Newton wore his black and gold waistcoat,

And Mr. Alderman Ptolemy Tortoise brought a salad with him in a string bag.

And instead of a nice dish of minnows — they had a roasted grasshopper with lady-bird sauce; which frogs consider a beautiful treat; but I think it must have been nasty!

The tale of Jemima Puddle-Duck
제미마 퍼들 덕 이야기

What a funny sight it is to see a brood of ducklings with a hen!

Listen to the story of Jemima Puddle-duck, who was annoyed because the farmer's wife would not let her hatch her own eggs.

Her sister-in-law, Mrs. Rebeccah Puddle-duck, was perfectly willing to leave the hatching to some one else— "I have not the patience to sit on a nest for twenty-eight days; and no more have you, Jemima. You would let them go cold; you know you would!"

"I wish to hatch my own eggs; I will hatch them all by myself," quacked Jemima Puddle-duck.

She tried to hide her eggs; but they were always found

and carried off.

Jemima Puddle-duck became quite desperate. She determined to make a nest right away from the farm.

She set off on a fine spring afternoon along the cart-road that leads over the hill.
She was wearing a shawl and a poke bonnet.

When she reached the top of the hill, she saw a wood in the distance.
She thought that it looked a safe quiet spot.

Jemima Puddle-duck was not much in the habit of flying. She ran downhill a few yards flapping her shawl, and then she jumped off into the air.

She flew beautifully when she had got a good start.
She skimmed along over the tree-tops until she saw an open place in the middle of the wood, where the trees and brushwood had been cleared.

Jemima alighted rather heavily, and began to waddle about in search of a convenient dry nesting-place. She rather fancied a tree-stump amongst some tall fox-gloves.

But—seated upon the stump, she was startled to find an elegantly dressed gentleman reading a newspaper.
He had black prick ears and sandy coloured whiskers.
"Quack?" said Jemima Puddle-duck, with her head and her bonnet on one side—"Quack?"

The gentleman raised his eyes above his newspaper and looked curiously at Jemima?

"Madam, have you lost your way?" said he. He had a long bushy tail which he was sitting upon, as the stump was somewhat damp.

Jemima thought him mighty civil and handsome. She explained that she had not lost her way, but that she was trying to find a convenient dry nesting-place.

"Ah! is that so? indeed!" said the gentleman with sandy whiskers, looking curiously at Jemima. He folded up the newspaper, and put it in his coat-tail pocket.

Jemima complained of the superfluous hen.

"Indeed! how interesting! I wish I could meet with that fowl. I would teach it to mind its own business!"

"But as to a nest—there is no difficulty: I have a sackful of feathers in my wood-shed. No, my dear madam, you will be in nobody's way. You may sit there as long as you like," said the bushy long-tailed gentleman.

He led the way to a very retired, dismal-looking house amongst the fox-gloves.
It was built of faggots and turf, and there were two broken pails, one on top of another, by way of a chimney.

"This is my summer residence; you would not find my earth—my winter house—so convenient," said the hospitable gentleman.

There was a tumble-down shed at the back of the house, made of old soap-boxes. The gentleman opened the door, and showed Jemima in.

The shed was almost quite full of feathers—it was almost suffocating; but it was comfortable and very soft.
Jemima Puddle-duck was rather surprised to find such a vast quantity of feathers. But it was very comfortable; and she made a nest without any trouble at all.

When she came out, the sandy whiskered gentleman was

sitting on a log reading the newspaper—at least he had it spread out, but he was looking over the top of it.

He was so polite, that he seemed almost sorry to let Jemima go home for the night. He promised to take great care of her nest until she came back again next day.

He said he loved eggs and ducklings; he should be proud to see a fine nestful in his wood-shed.

Jemima Puddle-duck came every afternoon; she laid nine eggs in the nest. They were greeny white and very large. The foxy gentleman admired them immensely. He used to turn them over and count them when Jemima was not there.

At last Jemima told him that she intended to begin to sit next day—"and I will bring a bag of corn with me, so that I need never leave my nest until the eggs are hatched. They might catch cold," said the conscientious Jemima.

"Madam, I beg you not to trouble yourself with a bag; I will provide oats. But before you commence your tedious sitting, I intend to give you a treat. Let us have a dinner-party all to ourselves!

"May I ask you to bring up some herbs from the farm-garden to make a savoury omelette? Sage and thyme, and mint and two onions, and some parsley. I will provide lard for the stuff—lard for the omelette," said the hospitable gentleman with sandy whiskers.

Jemima Puddle-duck was a simpleton: not even the mention of sage and onions made her suspicious.
She went round the farm-garden, nibbling off snippets of all the different sorts of herbs that are used for stuffing roast duck.

And she waddled into the kitchen, and got two onions out of a basket.
The collie-dog Kep met her coming out, "What are you doing with those onions? Where do you go every afternoon by yourself, Jemima Puddle-duck?"
Jemima was rather in awe of the collie; she told him the whole story.
The collie listened, with his wise head on one side; he grinned when she described the polite gentleman with sandy whiskers.

He asked several questions about the wood, and about the exact position of the house and shed.
Then he went out, and trotted down the village. He went to look for two fox-hound puppies who were out at walk

with the butcher.

Jemima Puddle-duck went up the cart-road for the last time, on a sunny afternoon. She was rather burdened with bunches of herbs and two onions in a bag.
She flew over the wood, and alighted opposite the house of the bushy long-tailed gentleman.

He was sitting on a log; he sniffed the air, and kept glancing uneasily round the wood. When Jemima alighted he quite jumped.
"Come into the house as soon as you have looked at your eggs. Give me the herbs for the omelette. Be sharp!"
He was rather abrupt. Jemima Puddle-duck had never heard him speak like that.
She felt surprised, and uncomfortable.

While she was inside she heard pattering feet round the back of the shed. Some one with a black nose sniffed at the bottom of the door, and then locked it.
Jemima became much alarmed.

A moment afterwards there were most awful noises — barking, baying, growls and howls, squealing and groans.

And nothing more was ever seen of that foxy-whiskered gentleman.
Presently Kep opened the door of the shed, and let out Jemima Puddle-duck.

Unfortunately the puppies rushed in and gobbled up all the eggs before he could stop them.
He had a bite on his ear and both the puppies were limping.

Jemima Puddle-duck was escorted home in tears on account of those eggs.

She laid some more in June, and she was permitted to keep them herself: but only four of them hatched.
Jemima Puddle-duck said that it was because of her nerves; but she had always been a bad sitter.

단한권의책은 행복을 함께 나눕니다.

독서할 때 당신은 항상 가장 좋은 친구와 함께 있다.
— 시드니 스미스

Aesop's Fables
재미와 교훈이 있는 113가지 지혜

이솝우화

이솝우화 113편을 한데 엮은 것으로, 한 편의 우화가 끝나면 한 문장으로 교훈을 제시해 준다.

이솝 지음 | 225쪽 | 값 12,000원

The Fairy Tales of
Charles Perrault

전 세계적으로 가장 사랑받는 잠자는 숲 속의 공주, 신데렐라, 장화신은 고양이 등 총 10편의 동화와 영문본이 실려 있다.

샤를페로 지음 | 240쪽 | 값 12,500원

The Sorrows of
Young Werther

젊은 베르테르의 슬픔

'사랑의 열병'을 이보다 더 잘 표현한 작품은 없다. 남자는 베르테르처럼 운명 같은 사랑을 원했고, 여자는 샤를로테처럼 사랑받기를 원했다.

요한 볼프강 폰 괴테 지음 | 328쪽 | 값 12,800원